KB186208

시골 낭만 생활

농가에서 일상을 화보처럼 살아가는 콩콩 씨

시 골 낭 만 생 활

제1판 1쇄 발행 | 2019년 11월 22일

지은이 고민숙
펴낸이 박성우
기획 편집 코티지 김지해
디자인, 일러스트 정해진 www.onmypaper.com
펴낸곳 청출판
주소 경기도 파주시 문발동 594-10 1F
전화 070-7783-5685 | **팩스** 031-945-7163
전자우편 sixninenine@hanmail.net
등록 제406-2012-000043호

ISBN | 978-89-92119-77-1 03810

시골 낭만 생활

농가에서 일상을 화보처럼 살아가는 콩콩 씨

고민숙 지음

처음출판

차례

가난하지만
찬란한
우리들의 시골 낭만 생활

이야기를 시작하며

오렌지카운티는 조금의 망설임도 없이 서울 생활을 청산하게 해주었을 만큼 우리에게 참으로 많은 것을 주었다. 태랑, 해랑은 "엄마, 아빠가 할머니, 할아버지가 되어서도 이 집에 살았으면 좋겠어요."라고 말한다. 어린 녀석들 눈에도 불편한 것보다는 맘껏 뛰어놀고, 즐길 수 있는 자연이, 이곳에서 여유롭게 누릴 수 있는 행복한 생활이 고마운 것이다.

꽁지 씨에겐 그토록 소원하던 장작 가마와 남 눈치 안 보고 편하게 도자기 작업을 할 수 있는 넓은 공간을 주었다. 그리고 나에겐 좋아하는 꽃들 실컷 키우며 살 수 있는 마당과 누가 알아주지 않아도 내가 좋아서 즐기며 할 수 있는 꼼지락 취미와 영감들을 주었다. 문만 열면 누릴 수 있는 자연의 선물, 때론 그 자연이 주는 위안이 너무 벅차 주책스레 눈물을 흘리기도 했다.

하지만 하루 아침에 시골 생활을 결정하고 어찌 아무런 어려움이 없었겠는가?

더위 속에 눈물인지 땀인지 모를 뜨거운 것 흘려가며 집과 작업장을 만들고, 때로는 서러움과 두려움에 아이들 몰래 베갯잇을 적시기도 하고, 다음날이면 다시 두 주먹 불끈 쥐기도 했다. 번듯한 전원주택을 기대하며 왔다가 대놓고 실망하고 가는 지인들 때문에 속상했다가도 마당 가득 홍단풍 들면 그 모습이 눈물 나게 예뻐 위안을 삼았다. 집 안에 있어도 언 발이 될 만큼 혹독한 추위에 보일러 기름값 걱정하면서도 하얀 눈 포근한 담요처럼 내려앉은 날이면 나도 모르게 감탄사부터 나오는 우리 집, 오렌지카운티.

사람들은 시골 생활이 쉽지 않다고 말한다. 시골에서 낭만을 찾는 것은 모순이라고…. 하지만 시골 생활의 낭만이 모순이라면 나는 앞으로도 가능한 모순된 삶을 살고 싶다. 나는 시골에서 낭만을 찾아가며, 일부러 노력해 사는 지금의 생활이 좋다.

몇 해의 봄, 몇 해의 여름, 가을, 그리고 겨울…. 어느덧 이곳에서 보낸 시골 살이가 꽉 채운 8년이 되었다. 이웃집 하나 없이 홀로 떨어진 이곳에서 그동안 나의 또 다른 눈이자 친구가 되어준 카메라를 통해 기록된 시간들…. 때론 현실보다 더 아름다운 장면으로 담겨져 이웃들의 원성 같은 부러움을 자주 사기도 했지만, 나는 분명 그 사진들보다 더 눈부신 아름다운 날들이었다고 말하고 싶다.

잠시나마 나의 시골 낭만 생활을 당신에게 나누어주고 싶다.

오렌지카운티에서 **콩콩 고민숙**

오렌지카운티

서울의 14평 작은 아파트에서 복닥거리며 어린 태, 해랑과 신혼 살림을 살던 2005
년 어느 날, 남편 꽁지 씨가 조심스레 시골 가서 살아보는 것이 어떻겠냐고 물어왔
다. 시골 출신이기는 하나, 초등학교 4학년 때 서울 있는 언니 따라 유학길에 오른
이후 결혼까지 줄곧 서울 생활을 해왔으니 서울 촌년이나 마찬가지인 나였다. 더
욱이 꽁지 씨는 태어나기만 경상도 태생이긴 해도 돌 이후로는 서울에서 자라고
서울을 벗어나 본 적 없는 진짜 서울 촌놈 아닌가.

이쯤 되면 "아니 무슨 소리야?", "애들 학교는 어떻게 하고, 그게 말이 돼요!" 펄쩍
뛰며 결사반대를 외치거나 좀처럼 결정 내리지 못한 채 고민의 나날들을 보냈을 법
했을 것이다. 그러나 나에게 '시골'이란 단어는 언제 들어도 편안한, 마음 따뜻해지
는 '고향'이라는 곳을 의미이기도 했다. 그래서인지 시골로 이사하는 걱정보다는
나도 모를 안도감이 먼저 생겼다. 요즘 세상에 어디든 인터넷 될 테고, 택배 들어올
테고, 리폼과 바느질이라는 꼼지락거릴 취미 거리도 있고, 게다가 알토란 같은 아
이들과 든든한 남편과 함께라는데 그곳이 산간벽지면 어떻고 오지인들 어떠리.

나의 이런 의외의 쿨한 생각에 '괜한 말 꺼냈다가 반대라도 하면 어쩌나?' 걱정하
던 꽁지 씨는 일단 큰 산을 넘은 표정으로 내친김에 바로 시골집 답사 드라이브를
제안했다.

이미 마음에 둔 곳이 있었던 것이다.

2005. 6

*
첫
만
남

서울에서 고속도로를 달려 얼마 가지 않아 톨게이트를 빠져나왔다.
남편을 따라 집을 보러 나서며 '어떤 곳일까? 어떤 집일까?' 기대 반, 걱정 반으로
달려온 곳. 말을 꺼내놓고도 며칠 애면글면하던 꽁지 씨 때문에 산간오지라도 되
는 줄 알았더니 서울에서 거리도 얼마 되지 않고 오히려 시골이 맞긴 한 건가 왠지
싱거운 느낌이었다.
실망 아닌 실망도 잠시, 사실 아까부터의 창밖에는 서울과 사뭇 다른 풍경이 펼쳐
지고 있었다. 파릇파릇 벼들이 부지런히 자라나 푸른 논밭이 시야에 넓게 펼쳐지
고 창으로 들어오는 공기도 한결 가벼웠다.
'그래, 서울이랑은 확실히 다르구나' 생각하는 찰나, 차가 불쑥 도로를 벗어나 차 한
대 겨우 지날 수 있는 좁은 산길로 들어섰다.

잠시 긴장…다시 이어지는 오솔길….
짙은 유월의 초록 사이로 좁은 흙길이 길게 나 있다. 창밖으로 흙 내음 풀 내음이
코끝으로 확 다가온다.

그렇게 오솔길을 따라 들어가는가 싶더니
그 길 끝에 오렌지색 지붕의 집이 나타났다.

순간 이상한 나라의 앨리스가 토끼굴로 미끄러져 들어간 것처럼
순식간에 다른 세상으로 빨려 들어가는 이상한 느낌이 들었다.

'아…이 길을 태랑이가 자전거를 타고 맘껏 내달리면 참 좋겠구나!'
'아…이 길을 해랑이 손 잡고 사뿐사뿐 걸으며 산책하면 참 좋겠구나.'

머리 속에서는 온통 아름다운 영상이 펼쳐졌다.

주말마다 매일 내려와서 마당에 잔디 깎고, 청소하고, 페인트 칠하고 난 뒤 이사 들어오기 전 말끔해진 오렌지카운티의 2005년 여름의 모습.

낮은 지붕의 집은 한눈에도 지은 지 꽤 오래되어 보이는, 말 그대로 시골 농가였다. 마당엔 잡초와 잔디들이 아무렇게나 웃자라나 있었고, 집 주변엔 낡고 허름한 축사까지 자리를 잡았다. 하지만 이미 오솔길의 마법에 빠져버린 나의 눈엔 큰 문제될 게 없어보였고, 그곳에서 뛰어놀 아이들의 모습이 마당 위에 영화처럼 펼쳐졌다. 숲에서 삑삑 울어대는 새소리마저 아름다운 노랫소리로 들리고 있었으니 말이다.

'쿨하게 따라나선 마누라지만 실제로 보고 나면 초라함에 펄쩍 뛸 수도 있겠다.'는 생각에 오는 내내 내심 걱정하며 눈치를 살피던 꽁지 씨는 그제야 나의 표정을 알아챈 듯 '거봐 좋지!' 하는 자신감 넘치는 표정으로 바뀌어 시골집의 이곳 저곳 소개를 시작했다.

차 걱정 없이 태, 해랑이 맘껏 자전거 탈 수 있을 오솔길에서 50점!

이상하게 도전 정신을 갖게 만드는 낡은 집과 마당에서 40점!

나머지 10점은 살면서 채우기로 마음먹고,

그 자리에서 흔쾌히 오케이!

✱ 시골행 준비

그날 이후, 바로 시골행으로의 이사 작전에 돌입했다.

얼추 80년대에 지어져 족히 30년은 나이를 먹었음직한 농가는 전에 살던 사람이 필요에 의해 조금씩 늘려 쓴 집으로 집 안은 마치 미로처럼 연결 되어 있었다. 게다가 집을 둘러싸고 있는 마당은 마당이라기 보다는 무성한 풀밭이나 다름없었다. 어디서부터 손을 대야 할지 모를 정도로 고칠 곳이 한두 곳이 아니었다.

하지만 그때 막 리폼의 재미에 빠져 있던 나는 힘들겠다는 생각보다는 '이 시골 농가를 내 힘으로 멋지게 꾸며보리라!' 하는 이상한 도전 정신만 불끈불끈 샘솟았다. 꽁지 씨는 선배, 후배와 같이 쓰던 좁은 작업실에서 벗어나 누구 눈치 볼 것 없이 넓은 작업장을 만들어 마음껏 작품 활동을 할 수 있겠다는 생각을 했다. 우리 부부는 그것만으로도 충분히 감사하다는 생각이 절로 들었다.

그렇게 우리 부부는 어린 태, 해랑을 데리고 주말이면 서울에서 내려와 쓸고, 닦고, 페인트 칠하고, 도배를 했다. 여름이 시작되고 있는 때여서 덥기도 하고, 힘들 법도 했지만, 그때의 우리 부부는 매주 시골 별장으로 소풍 가는 양 즐거운 마음 뿐이었다.

'낡으면 어때, 시골집이면 어때, 느리지만 내 손으로 조금씩 고쳐가며 우리 집 만들어 살자.' 마음 먹으니 마음이 편했다. 까짓 아직 젊은데, 가난한 날의 시간을 추억하며 웃을 날이 오겠지. 불편한 걸 즐기는 것이 오히려 시골 생활의 낭만이 아니겠는가 싶었다. 그런 날의 하루하루를 모아서 우리 가족의 역사로 만들어보자 싶었던 것이다.

하지만 부모님들과 형제들, 주변 지인들의 생각은 달랐다. 처음엔 시골집으로 이사를 간다니 잘 지어진 전원주택을 생각했다가 그게 아니란 사실을 알고는 "그 외딴 곳에서 어찌 살아가느냐?" 하며 다들 걱정이었다. 나중에 들은 말이지만 시골로 이사하던 그날 밤 어머니는 어린 손주들 앞세워 그 외진 시골로 떠나는 우리 가족 생각에 눈물을 훔치셨다고 했다.(외따로 떨어져 있긴 하지만 사실 큰 대로변에서 가까운 곳인데, 처음엔 모두들 아주 산골로 생각하셨다.)

하필 추적추적 비까지 와서 괜히 더 처량하게 보이던 2005년 8월, 우리 가족의 이사 날이었다.

"어머니, 걱정 마세요. 우린 오히려 이곳에서의 생활이 기대되는걸요.
초라한 낡은 농가지만 마음만은 부자로 열심히 살게요."

2005. 8

숲으로 둘러싸인 채 이웃집도 없이 외따로 떨어진 오렌지색 지붕 집.
두려움보다는 기대로, 걱정보다는 설렘으로 기꺼이 우리 집 하기로!

우리는 마치 기다리기라도 했다는 듯
마당에서 즐거운 놀이를 시작했다.

온 가족이 '그대로 멈춰라' 게임도 하고,
조막만한 녀석들 손을 양쪽으로 잡고
빙글빙글 돌면서

「둥글게 둥글게」노래도 불렀다.
까르르 넘어가는 아이들의 웃음소리에
"행복이 별건가요?" 하는 소리가 절로 나왔다.

그렇게 오렌지색 지붕, 마당 있는 집에서의 생활이 시작되었다.

우리 네 가족의 시골 낭만 생활이 시작되었다.

✳ 오렌지카운티

시골 농가로 이사 오고 나서 《빨간머리 앤》의 그린 게이블즈*Green Gables*처럼 우리 집에도 특별한 이름을 하나 붙여주고 싶었다. 초록 나무 늘어선 오솔길을 지나 그 길 끝에 오도카니 서서 마치 나를 오랜 시간 기다리기라도 한 듯 반갑게 맞이해준 오렌지색 지붕. 나의 마음을 한순간에 훔쳐간 이 집에 '오렌지카운티*Orange County*'라는, 다소 어울리지 않는 도시 이름을 붙여주었다. 하지만 나에겐 이보다 더 멋진 이름이 없다. 미국의 부자 마을이라는 오렌지카운티와는 다르지만, 숲 속 작은 오렌지색 지붕 집에 살며, 오렌지 빛깔의 달콤한 행복을 퐁퐁 피어 올릴, 우리만의 멋진 '오렌지카운티(州)'인 것이다.

오렌지카운티

눈이 내렸나 눈이 휘둥그레지는데 하얀 서리가 내려앉았다.
멀리 논밭 위의 뽀얀 안개와 이불을 덮듯 내려 앉은 하얀 서리에
아직도 꿈을 꾸는 듯하다.
산책길 너머로 보이는 나의 소중한 보금자리… 오렌지카운티.
한낮이 되도록 계속된 안개 속 산책, 안개 속에 묻는 안부

아주 오랜만에 깊은 심호흡을 해보았다.

즐거운 생활

아직 공기는 알싸하지만 볕이 좋은 초봄이다.

"아직 영하의 날씨네.", "꽃샘추위네." 해도 혹한의 겨울을 시골서 몇 년 지내고 나니 그까짓 꽃샘추위 코웃음을 친다. 볕이 좋은 날은 늑장 부릴 여유가 없다.

태, 해랑을 학교에 데려다 주고 오는 길에는 마당에 꽃들이 얼만큼 올라왔는지 꼼꼼히 둘러보고, 올해에는 꼭 목련 차를 담글 계획이므로 꽃봉오리가 얼만큼 맺혔는지 하루하루 체크도 빼놓지 않는다. 무엇보다 볕이 좋은 오늘은 겨울 동안 제대로 햇볕 소독 못하던 무거운 이불 빨래를 하기로 맘 먹은 날이기에 훨씬 더 분주하다. 이불 커버, 베개 커버를 벗겨낸다. 이불 솜과 베개 솜은 탈탈 털어 빨랫줄에 널고, 커버들은 세탁기에 돌린다. 그 사이 창문 활짝활짝 열어 젖히고 방 청소를 한다. 방 청소가 얼추 끝나갈 즈음 빨래가 끝났다는 신호음이 들린다. 세탁기에서 꺼내온 이불을 '탁탁' 털어 빨랫줄에 넌다. 혹여나 봄바람에 날릴 새라 빨래집게로 콕콕 집어준다. 마치 봄을 맞이하는 신성한 의식이라도 되는 듯 리듬을 탄다. 봄바람, 봄볕에 바싹 마른 빨래를 갤 생각에 벌써부터 마음이 보송보송해진다. 봄바람에 나풀나풀거리는 빨래를 보니 속이 다 후련하다. 살림 꽝인 내가 살림 고수가 되는 순간이다.

빨랫줄에 탁탁 털어 빨래를 널다 보면 가끔은 내가 빨래가 되고 싶다는 생각이 들곤 한다.
겨우내 움츠려들고 오그라든 몸과 마음을 깨끗이 씻어 햇볕에 바싹 소독하고 싶다.
아직 바람은 차지만 이제 숨통이 트이는 것만 같다.

봄이다. 게으른 콩콩도 바지런 떨게 하는 봄!

매실청 담그는 날

훈훈한 봄바람, 파란 봄 하늘.

이사를 온 이듬해 봄, 집 어귀 오솔길에 개나리가 피기 시작한다 싶더니 오솔길 양옆으로 커다란 나무에 연분홍 꽃이 팡팡 터지기 시작했다. 빨랫줄 길게 낸 뒷마당의 나무에도 역시나 같은 분홍색의 꽃이 만개했다. 파란 하늘 향해 뻗은 가지 끝에 핀 연분홍 꽃이 어찌나 예쁜지 마치 고흐의 「꽃 피는 아몬드 나무」그림을 보는 것 같다며 보는 내내 감탄을 자아냈다.

하지만 잦은 봄비에 후두둑, 꽃샘바람 불어서 후두둑. 좀 더 길게 보지 못함이 아쉬웠지만 바닥에 소복이 떨어진 모습조차 장관이었다. 도시에서 봄이라고 해봐야 내내 벚꽃만 보았을 뿐인 나는 벚꽃을 닮은 이 연분홍 꽃나무가 대체 무슨 나무일까? 무슨 꽃일까? 참 궁금했다. 꽃이 진 자리에 머잖아 파란 열매가 달렸다. 매실이었다. 오솔길에도 뒷마당에도 나무마다 열린 매실은 시간이 지날수록 오동통 참실하게도 커갔다.

아침부터 서울에서 가족들이 내려왔다. 매실이 주렁주렁 열렸다는 연통에 어머니는 신이 난 듯 보이셨다. "서울 시장에 나가보면 아직인데 시골이라 빠른 거냐?" 하며 매우 반가워하셨다. 커다란 유리병과 커다란 포대의 설탕이 준비되었다. 우선은 가까운 뒷마당의 매실부터 따서 매실청을 담그기로 했다. 동글동글 초록 매실 한 단에 사그락사그락 뽀얀 백설탕 한 단, 매실 한 단에 또 백설탕 한 단씩을 담으셨다. 그렇게 리듬을 타가며 커다란 유리병의 반쯤을 채워가고 있었다.

그때 근처 밭으로 봄 일 나온 아주머니들이 가까운 화장실 잠시 빌려 쓰러 오셨다. 일 보고 나오시던 한 아주머니 눈이 휘둥그레진다.

"뭐 하는 거더래요? 살구도 모르더래요? 그거이 매실 아니더래요~"

순간, 무성영화 속 장면이라도 된 듯 모든 가족이 서로의 얼굴만 멀뚱히 바라본 채 일시 멈춤 상태가 되었다.

처음 꽃이 필 때는 벚나무로 알았다가, 다시 초록 열매
가 맺힌 걸 보고 매실나무로 알았다가, 매실청 소동 이
후 밝혀진 뒷마당의 살구나무는 봄이면 이렇게 한가득
살구를 던져준다.

마냥 상큼한 초록 매실로 보이던 그 열매는 몇 주 지나자 달콤한 연주황빛 살구로 변신했다. 마
치 매실이 마술을 부린 것 같았다. 오가는 길에 주황빛 살구가 바닥에 툭툭 떨어졌다. 살구 열
매의 단맛은 벌레들이 먼저 알아버렸다. 고운 주황빛에 끌려 한입 베어 문 살구에 벌레가 들었
다. 화들짝 놀랐지만 징그럽기보다는 주황 살구를 먹었다고 주황색인 게 귀여워서 배시시 웃
음이 났다.
떨어진 살구 줍다 보니 어느새 바구니 한가득이다. 벌레 먹은 부분 살살 도려내고 살구 잼이니
만들어 우리 어머니 가져다 드려야겠다. 매실이었다가 살구가 된 유기농 살구 잼 아니겠는가.
지금에야 그때를 떠올리며 웃지만, 그 당시 실망이 컸노라 고백하시던 어머니.
매년 살구가 익어갈 즈음이면 여전히 아쉬운 듯 묻곤 하신다.

"살구는 잘 여물고 있냐?"

오늘의 불로소득!
살구빛 애벌레랑 나눠 먹어야 해서 많이 못 먹는 게 흠이지만 툭! 툭!
내일 아침도 한 그릇 떨어지겠다.

봄이 되면 작은 칼과 바구니 하나 허리에 차고 밥상 보물찾기에 나선다.

겨우내 잃은 입맛 살려주는 알싸한 뿌리 맛의 달래도 캐고,

이제 물이 오르기 시작한 싱싱한 부추도 쓱싹 잘라서 바구니에 가지런히 담는다.

그런 날엔 간장에 깨소금 넣고 참기름 한 스푼 넣어

매운 향기 폴폴 나는 달래 장을 만들고 부추 쑹덩쑹덩 썰어

갓 지은 따뜻한 밥에 비비면 다른 반찬이 필요 없다.

서울에서 친자매 같은 바늘마님 언니가 내려와 봄 마중을
나갔다. 시골 생활 7년에 자칭 냉이 박사라 하는 해랑이 따
라 나섰다.

낮에 들에서 캔 냉이, 쑥을 봉지에 덜어 담더니 감기 걸린 선
생님 빨리 나으시라 가져다 주겠다며 또박또박 편지를 쓴다.

4월 중순이 넘으면 우리 꽁지 씨는 바빠진다. 마누라 좋아하는 엄나무 순 채취를 위해 새순이 얼만큼 나왔는지 매일 살펴야 하기 때문이다. 시골 살이 몇 해가 되다 보니 이젠 따로 말하지 않아도 한 움큼씩 잘 따와서 '그냥 쉽게 따나 보다.' 여겨오던 엄나무 순. 한번은 따라 나섰다 깜짝 놀랐다. 산에서 자란 묵은 엄나무는 키가 제법 큰데다 줄기 전체에 뾰족한 가시가 박혀 여린 잎 골라 따는 게 쉬운 일이 아니었다. 꽁지 씨도 잠시 딸 뿐인데 팔 여기저기 가시에 긁혀 상처까지 생겼다. 마누라 좋아하는 엄나무 순 따주겠다고 봄이면 사서 고생이다.

개두릅으로도 불리는 엄나무 순은 봄에 여린 잎 따서 두릅하고 같은 방법으로 먹을 수 있다. 끓는 물에 살짝 데쳐, 초고추장과 함께 내면 끝이다. 초간단하면서도 쌉싸름한 특유의 깊은 향과 부드러우면서도 아삭한 식감이 봄철 최고의 맛이다. 5월이 되어 좀 자란 잎은 장아찌로 담궈 고기 요리와 함께 먹으면 그맛 또한 일품이다.

낮에 꽁지 씨가 캐온 달래. 입맛 없는 봄, 별 반찬 없어도 달래 무침 하나로 저녁상이 푸짐하다.

지난 겨울, 시골에 사는 프로 살림꾼 밥 언니가 직접 담근 민트 차와 목련 차를 선물로 내어주었다. 우리 집 마당에서도 봄이면 한바탕 꽃 잔치를 벌이는 키 큰 목련이 있는데, 그런 목련으로 차를 만들 수 있다니 신기했다. 달콤하면서도 알싸한 향이 좋은데다 코 막힘 같은 감기 증상에도 좋고, 고혈압에도 얼마간의 효과가 있단다. 평소 비염이 있는 해랑과 고혈압이 있는 어머니 생각이 나서 올봄에는 나도 꼭 목련 차를 담아봐야지 벼르게 되었다.

올해 유난히 더 더디게 오는 봄…. 남쪽 지방엔 벌써 벚꽃이 다 졌다는데 이곳엔 비온 뒤 꽃샘추위로 바람까지 차다. 이러다 어느 날 화들짝 피고 질 목련! 하루도 빼지 않고 아침 마당을 서성이며 올려다보는 키 큰 목련, 목 아픈 줄 모르고 올려다보는 마음에 애가 탄다. 목련은 꽃이 활짝 피어도, 말리지 않아도 차로 즐길 수 있다지만 반쯤 핀 봉오리의 목련을 해 뜨기 전에 따면 가장 효과가 좋다고 하여 매일 아침 목련을 향한 해바라기다.

그러다 어느 날, 드디어 뽀얀 속살 드러내며 저 높은 곳에서부터 하나, 둘 꽃망울을 터트리기 시작한 목련! 반가운 마음에 바구니를 들고 나섰으나 너무 높다. 어찌나 높은지 꽁지 씨에게 사다리를 부탁해서 올라가 겨우 하나씩 딸 수 있었다. 꽃들에게도 얼마나 혹독한 겨울이었을까. 꽃봉오리 사이로 아직 얼음 알갱이가 들어 있다.

꽃봉오리 하나 딸 때마다 떠오르는 얼굴들…. 이 얼굴 떠올라서 하나, 저 얼굴 떠올라서 또 하나…. 그러다 바구니 가득 하얀 목련이다.

바구니에 가득 딴 목련꽃. 우리 집에서 유기농으로 자랐으니 겉잎 손질하고 잘 펴서 그늘에 널어주기만 하면 끝이다. 환절기면 비염으로 더욱 고생하는 해랑에게 먹일 생각에, 어머님께 선물할 생각에 벌써부터 마음이 훈훈하다.

하나. 목련은 백목련을 이용하고, 활짝 피기 전 꽃송이가 반쯤 핀 것을 딴다.
둘. 물에 살살 헹군다.
셋. 소쿠리 같은 것에 잘 펴서 2~3일 그늘에서 말린다.(잘 말리지 않으면 곰팡이가 피므로 주의하자.
      보일러를 틀고 방바닥을 깨끗이 닦아 펴 말리면 쉽다.)
넷. 잘 말린 꽃잎은 유리병 같은 밀폐 용기에 담아 보관한다.
다섯. 마시는 방법은 끓인 물을 한 김 식힌 후 꽃잎 크기에 따라, 물의 양에 따라 2~5장 정도를 띄워 우려내서 마신다.

황사니 방사능이니 모두 잊고 예전 그대로의 상쾌한 봄을 만끽하고 싶다.
푸릇푸릇 사방이 초록 옷을 입는 계절. 그야말로 소박한 나물 밥상을 마당에 차려
본다.
신혼 때 집들이에 왔던 친구들이 한마디씩 했었다. 담는 그릇이 예술이니, 아무거
나 담아내도 다 맛있다고…. 정말 그렇다. 꽁지 씨가 만든 그릇에 친정 엄마 담가
주신 김치에, 된장에, 뒷마당에서 방금 캔 민들레와 씀바귀 같은 푸성귀만 씻어 상
에 올려도 한 상이다. 싱그러운 초록 내음에 보고만 있어도 저절로 건강해지고, 배
가 부르다.

친정 엄마가 지난 김장 때 담가준 총각김치를 꺼내놓으니 해랑이 큰 무 조각 하
나를 들고 쪽쪽 빨아가며 아삭아삭 맛나게도 먹는다. 손으로 먹지 말라고 했더니
"할머니가 손맛으로 담근 김치니 손으로 먹어야 제맛."이란다. 맞는 말이다.

아이들 등교시켜놓고 브런치를 준비한다. 매일 먹어도 질리지 않고, 달리 레시피랄 것도 없는 초간단 토마토 샐러드와 함께 마당에서 즐기는 둘만의 여유로운 브런치 타임이다.

샐러드보다는 겉절이를 좋아하고, 와인보다는 막걸리를 좋아하는 꽁지 씨지만 마누라가 좋아하는 마당 브런치 타임에는 "근사한 노천 카페에서 즐기는 브런치 같다"며 그 순간을 여유롭게 만끽하는 센스 있는 남자다.(잔소리쟁이 마누라의 아침부터 시작되는 잔소리를 피하기 위한 목적일 수도 있다.)

자연은 나를 움직인다

본시 부지런한 사람은 아니다. 좋아하는 일에는 바지런을 떨지만,
그다지 내키지 않은 일에는 한없이 굼뜬 사람이 나다.
그런데 시골에서 살다 보면 자연은 나 같은 사람도 부지런하게 만든다.
사시사철 번갈아가며 내어주는 푸른 푸성귀 따다 예쁜 그릇에 담아내고,
집 주변 오래된 나무에서 나는 제철 열매를 잘 활용하다 보면
나 같은 불량 주부도 주부 9단 살림꾼이 된다.

먹을거리 가득한 자연이라는 상 위에 숟가락 하나 얹는 것,
살림 고수 별거 아니구만!

농사는 아무나 짓나

오이, 상추, 고추…지금 막 밭에서 수확해온 채소들이 풍성하다. 입맛 잃은 더운 여름에는 별 반찬 없어도 된장 한 종지 떠서 쌈 싸서 먹으면 저절로 원기가 회복 될 것 같은 신선한 채소들. 물론 내가 농사 지은 건 아니다.

이사 와서 처음으로 맞은 봄, 우리 가족은 텃밭 가꾸는 꿈에 부풀어 있었다. 서울 사시는 어머니까지 뜻을 같이하여 우리는 주말마다 모여 공터로 남아 있는 손바닥만한 뒷마당을 개간해서 잡초 솎고, 씨앗 뿌리고, 물을 주고 정성을 다하였다. 하지만 아무리 손바닥만한 텃밭이라 해도 하룻밤 지나기 무섭게 자라나는 풀 때문에 얼마가지 못해 풀에게 자리를 내어주고 말았다. 또 유기농을 고수하며 약 한번 치지 않으니 벌레는 어찌나 많은지, 상추, 배추, 열무 가릴 것 없이 잎맥만 남고 애벌레 밥이 되었다. 그나마 관상용으로 꽃이라도 즐기던 쑥갓과 땅 속에서 자라다 보니 나름 튼실하던 감자만이 텃밭에서 얻은 수확의 전부였다. 그것도 이듬해부터는 방울토마토 몇 줄 심고는 흐지부지 텃밭 가꾸기를 포기하고 말았지만….

사실 제대로 된 농사나 먹을거리에 욕심 냈다면 한 해 한 해 배우고, 시행착오를 겪어가면서라도 텃밭 정도의 농사는 제법 그럴 듯하게 지었을지 모른다. 하지만 오렌지카운티 바로 옆으로 난 넓은 밭에서 농사를 짓는 맘씨 좋은 이장 아저씨를 알고부터는 각자 잘하는 것이 있다는 것을 쉽게 인정했다. 프로 농사꾼인 이장 아저씨의 밭엔 언제나 빛깔 좋은 상추와 길쭉길쭉 오이, 토실토실 방울토마토와 맛있게 매운 고추들이 제 주인 만나 건강하게 자라고 있었다. 그리고 우리 가족은 감사하게도 그것의 얼마를 얻어 먹을 수 있는 행운을 얻었던 것이다.

이사 오던 다음 해 가을, 산책로 앞 마을 이장 아저씨네 고구마 밭에서 온 가족이 처음으로 고구마를 수확하는 기쁨을 누릴 수 있었다.

인도에서 잠시 들어온 태랑이 토마토 샐러드 좋아하는 엄마를 위해 나섰나. 어느새 이렇게 자랐는지 괭이질에 제법 힘이 실려 있다.

시골로 이사 오면서 아이들과 함께 온 가족이 자전거를 타기로 마음먹었다. 우리 집 앞 비밀의 숲 오솔길을 자전거를 타고 마음껏 달려보고 싶었다.

'콩콩 공작소'에서 만든 소품을 이따금 팔아서 번 얼마의 돈을 나름 의미 있게 쓰고 싶다 생각하다가 우리 가족 자전거 사는 데 보태면 되겠다 싶었다. 꽁지 씨는 초록, 내 건 주황, 태랑은 파랑, 해랑은 분홍⋯. 드디어 온 가족이 자전거 한 대씩 장만했다.

그런데 나만 빼고 모두들 잘도 달린다. 겁 많기로는 누구한테 절대 뒤지지 않는지라 아직까지 자전거를 배우지 못한 탓이다. 어렸을 적 사촌 오빠가 자전거 가르쳐준다고 잡아주다 담벼락에 부딪히고 나서부터는 자전거를 타지 않았다. 그러니 그때 이후 처음 타보는 자전거였다. 바퀴 작은 미니벨로를 사서 발이 땅에 닿으니 덜 무섭긴 하다. 그래도 발을 땅에서 떼기만 하면 흔들흔들, 비틀비틀 자전거가 춤을 춘다. 뒤에서 잡아주며 왼쪽으로, 오른쪽으로 차분차분 타는 방법을 알려주는 꽁지 씨한테 절대 놓지 말라고 엄포 놓으며 타고 있는데 이게 웬일. 글쎄 꽁지 씨 손 놓은 지 오랜데 혼자서 타고 있다. 내가 자전거를 타고 달리고 있다. 감을 잡으니 자신감 백배하여 이내 자전거를 배웠다. 달리길 좋아하는 태랑이랑 자전거 시합에도 나섰다.

자전거 타며 온몸으로 느끼는 바람, 피부에 와 닿는 숲의 공기⋯.
온몸이 초록으로 물들 것만 같다.

2006년 6월 22일

오늘은 나의 일기에 역사적인 날로 기록해야 할 날이디.

"삼십 넘어 드디어 자전거를 배우다."

산책길에서 주운 솔방울, 도토리 뚜껑, 산밤….
돌아오는 자전거 바구니엔 언제나 자연이 한가득이다.

결국 나만 손해

아이들은 모두 어린이집 간 사이, 꽁지 씨와 가벼운 말다툼에 갑자기 감정이 상해 집 밖으로 나가고 싶은 생각이 들었다. 마치 사춘기 시절 말다툼한 엄마가 미워서 가출하고 싶은 심정이었달까? 그런데 막상 나가려니 여기는 서울이 아닌 시골…. 걸어서 나가기도 멀고, 날은 덥고, 버스 시간은 들쑥날쑥…. 그래도 화가 난 마음에 더위쯤 아랑곳 않고 큰 길 버스 정류장까지 무작정 걸어나갔다.

이런 길을 혼자 걸어본 지가 언젠지…. 괜히 지나가는 차 보기도 민망하고, 더워서 땀은 삐질삐질 나고, 더욱더 남편이 미워졌다. 그래도 어쩌겠어. 벌써 집을 박차고 나왔으니 이 방법밖엔 없는데…. 남편이 차로 태워줬음 5분이면 되는 거리를 20분 넘도록 걷자니 괜히 가출했나 후회가 밀려들기 시작했다. 하지만 여기서 끝낼 수는 없어. "울 와이프 어디 갔지?!" 어디 한번 놀라보라지? 흥!

겨우 도착한 대로변 버스 정류장. 목적지를 두지 않았으니 어디 갈 데도 없어 그저 시내로 나가는 버스에 올라탔다. 오랜만에 나온 시내…. 이왕 나온 거 재미있게 보내자 싶어 아이쇼핑도 하고, 서점 들러서 책도 보고, 혼자서 커피도 한잔 했지만 시간은 어찌나 더디게 흐르고, 혼자서 할 일은 왜 이리도 없는 건지….

결국 해 떨어질 때까지의 가출 계획은 반나절도 못 채우고, 아이들 어린이집에서 돌아오기 전에 집으로 돌아오고 말았다. 돌아오는 길은 또 어찌나 먼지…. 땀을 뻘뻘 흘리며 들어와 꽁지 씨 눈치를 살펴보니 종일 작업장 안에서 물레차고 있었던 듯, 자기 와이프 집에 있었는지 없었는지도 모르는 눈치다.

이게 뭐야! 가출해서 엄청 걱정하게 만들려던 복수의 계획은 결국 나만 고생고생하는 것으로 끝났잖아!

시골에 내려오자마자 운전면허를 땄다. 시골 생활에 꼭 필요한 자동차. 나의 애마 블루!
외출할 일이 있으면 번번이 꽁지 씨가 작업하다 말고 데려다 줘야 하고, 아이들 등·하교도 시켜야 하고, 나 역시 출퇴근도 해야 해서 경차를 한 대 마련했다. 아직까지도 복잡한 서울이나 장거리 운전은 두렵지만 우리 동네는 접수했다.

첫눈 내린 날 아이들과 마당에서 팔짝팔짝 뛰어다니며 첫눈을 만끽하고 있는데
낯선 차 한 대가 마당 안으로 들어와 멈춘다. 그리고 콩콩에게 건네진 노란 꽃바
구니.
며칠 전 결혼 기념일 못 챙겨 일주일 내내 된서리를 맞은 꽁지 씨가
결혼 기념일 대신 서른일곱 번째의 아내 생일 이벤트로 준비했나 보다.

"사랑하는 민숙 알지!
사랑해, 막걸리보다!"

막걸리보다 더 사랑한다니
웃지 못할 꽁지 씨의 고백에 다 용서한다.

2009년 12월 5일

비 오는 날을 참 싫어했다.
비만 오면 꼬불거리는 곱슬머리 탓이기도 했고,
비 오는 날을 감성으로 누릴 만한 여유도 없었기 때문이다.

그런 내가 비 오는 날을 즐기게 되었다.
마흔을 넘어서고 조금씩 내 삶에도 여유가 생긴 듯하다.
계절의 변화를 누릴 줄 아는 여유,
어떤 일들에 조급해 하지 않는 여유,
지금이 가장 행복하다고 만족할 줄 아는 여유.

나이는 그저 숫자로만 먹는 게 아니구나.
나이가 들수록 더 깊은 눈을,
더 따뜻한 마음을 갖게 되길 바란다.

"엄마, 빗소리 참 듣기 좋아요."

오일 램프를 켠다.
늘어놓았던 커튼을 질끈 묶는다.
원두를 덜어 핸드밀에 '드르륵' 갈아
모카 포트에 커피를 채우고 버너에 올린다.
곧 '크학' 소리를 내며 까만 커피를 뿜어 올린다.
라빠르쉐 설탕 한 조각을 에스프레소 잔에 떨어뜨린다.
하얀 김이 모락모락 피어나는 커피를 잔에 붓는다.

혼자만의 비를 즐기는 시간이 준비되었다.
비를 핑계로 가게에는 늦은 출근….
잠시 비 오는 날의 작은 여유를 가져본다.

앞을 보아도, 옆을 보아도, 천장에서조차 빗소리로 가득하다.
빗소리를 서라운드로 생생하게 즐길 수 있는
우리 집 전용 빗소리 오디오 룸, 데크 룸.

반투명 지붕 위 빗방울이 '또로록 또로록' 처마 밑으로 흘러내린다.
처마 밑 떨어진 빗물이 작은 웅덩이를 만든 걸 보고
'연못을 만들어야 하나' 하는 생각을 오늘도 한다.

내리는 빗소리와 라디오에서 들리는 낮은 피아노 소리에
가슴이 조금조금, 두근두근 설렌다.

저녁을 먹고 나서도 해가 길어진 탓에 마당이 훤하다.
햇볕에 지친 꽃에 물을 주고,
얼마 전부터 피기 시작한 분홍 조팝과 버베나를
조금 잘라와서 유리병에 담아 데크 룸 테이블 위에 놓았다.

한자리 차지하고 있던 덩치 큰 김치냉장고를 치웠더니
한층 넓어진 데크 룸은 보고 또 보아도 좋다.
세상에서 하나뿐인 오렌지카운티의 데크 룸
데크 룸 책상에서 아이들은 책도 읽고, 숙제도 한다.

여름방학을 앞두고 치르게 될 기말고사 공부도 끝낸 밤
오늘 밤엔 얼마 전부터 배우기 시작한 우쿨렐레 연습 삼매경에 빠졌다.
음악에 문외한인 나는 책 보고는 도저히 무슨 말인지 알 수가 없어 헤매다
마침 기타 잘 치는 꽁지 씨 후배에게서 몇 가지를 배웠다.

그리하여, 드디어 우쿨렐레로 연주하게 된 입문 곡!
「꼬부랑 할머니」 되겠다. 코드 4개로만 연주 가능!
하지만, 아직 어린 해랑은 어렵다며 바로 포기,
태랑은 제법 엄마를 따라온다.

하하! 「꼬부랑 할머니」가 이렇게도 하와이스러운 동요인 줄 첨 알았네!
조금씩 배워서 몇 곡 더 늘려가고 있는 요즘
한여름 밤 데크 룸에서의 우리 가족 우쿨렐레 연주회

참 좋다.

마당에서의 홈 캠핑

꼭 멀리 떠나야 야영인가? 집을 떠나야 캠핑인가?

자연과 함께하는 캠핑, 우리 집 마당에서부터 시작해보자.

그야말로 홈 그라운드 캠핑, 홈 캠핑이다.

시골 농가에 사는 콩콩 씨네 홈 캠핑 준비하기

1. 내 집 마당에서부터 시작한다.

2. 평소 집에서도 사용 가능한 장비부터 구비한다.

3. 만만치 않은 장비는 욕심내지 않고 하나씩 장만한다.

4. 장비가 어느 정도 구비되면 마당을 벗어나기로 한다.

새로 낸 데크에 놓을 티 테이블을 찾던 중 폴딩으로 된 캠핑용 테이블을 인터넷 쇼핑으로 저렴하게 구입했다. 테이블을 데크에 펼쳐놓자 해랑은 뒷마당에서 빨간 앵두 한 접시를 따오고, 태랑이 한 움큼 개망초꽃을 꺾어왔다. 그 길에 감자 몇 개 쪄내고 과일 좀 꺼내 테이블에 차리니 순식간에 데크가 캠핑장으로 바뀌었다.

아이들은 마당에서 줄넘기 연습도 하고, 자전거도 타다가 다시 캠핑 테이블에 앉아 오목을 두고,
저녁엔 모두 둘러앉아 오리 고기를 구워 캠핑 분위기를 한껏 더 내보았다.

즐거운 생활

여유로운 일요일 아침, 한잠 늘어지게 자고
느긋하게 우리만의 브런치를 마당에 차려낸다.

날씨 좋은 오월의 주말 하루, 자두나무 아래 뒷마당으로 캠핑을 즐기는 친한 언니네 가족을 초빙했다. 마침 인도에서 방학을 맞은 태랑이랑 동갑내기 친구도 있고, 모기와 뱀이 본격적으로 활동을 하기 전이기도 하고, 파릇파릇 풍경이 가장 좋을 때가 오월이다.

언니네 부부는 평소 캠핑을 즐기는 베테랑 부부답게 큼직한 텐트며, 테이블이며 거들 새도 없이 척척이다. 자두나무 아래 금세 한 살림이 차려졌다. 그야말로 두 사람은 환상의 복식조다. 그 사이 테이블에 자리잡은 태랑과 기현은 첫만남의 어색함도 잠시, 곧 그맘때 사내 녀석들의 놀이에 함께 빠졌다. 참 보기 좋은 모습에 절로 웃음이 번졌다.

우리 가족은 그저 자연의 장소만 빌려주고 멋진 캠핑 장비에, 맛난 캠핑 요리에, 야심한 밤에는 형부의 회심의 비어 캔 치킨 요리까지 맛볼 수 있었다. 어디 그뿐이랴? 캠핑에서 빠질 수 없는 하얀 연기 모락모락 피어오르는 모닥불까지 지피고, 일반 캠핑에서는 쉽게 접할 수 없는 야외 스크린 영화까지 볼 수 있었다. 아이들은 밤새도록 신이 났고, 우리 부부는 거든 일 없이 그저 가만히 앉아 캠핑의 진수를 맛볼 수 있었다. 그야말로 요즘 유행하는 글램핑을 우리 집 뒷마당에서 즐긴 것이다.

서두를 것도 없고 쫓길 것도 없이 시골의 느린 시간이 흐르는 대로 가장 편안하고 자연스런 캠핑의 하루를 보낼 수 있었다.

늦은 밤이 되어서 졸음을 견디지 못한 내가 제일 먼저 집 안으로 돌아와 잠들었는데, 아이들은 밤새 텐트 안에서 놀다 새벽녘에야 잠들었단다.
곯아떨어진 아이들이 늦잠을 자는 사이, 언니와 진한 커피 한잔 내려 마시며 이런저런 이야기로 아침을 맞았다.

프로 캠퍼 덕에 참으로 멋진, 잊지 못할 홈 캠핑에, 글램핑이었다 했더니 되려 언니가 인사를 전한다. 캠핑을 좋아서 다니긴 하지만 어떨 때는 사람들이 북적대는 캠핑장을 돌아다니다 보면 가끔은 사서 고생하는 난민촌 같다는 생각을 하곤 했다는데, 시골의 한적한 곳에서 우리들만의 캠핑이 참으로 행복했노라고 말이다.

진정한 캠퍼는 눈 쌓인 동계 캠핑을 즐긴다고 하는데,
올겨울 오렌지카운티에 하얀 눈이 쌓일 때
꼭 다시 찾아주시길…

사실 기억이 나지 않는다. 오렌지카운티 들어오는 옆 마당으로 저렇게 여러 그루
의 자두나무가 있었는지, 봄에 흰 꽃을 피웠는지, 여름에 새콤한 열매를 맺었는지,
가을에 고운 단풍 들었는지….

벌써 이곳에서 여덟 번째 봄을 맞이하고 있지만, 자두나무 하얀 꽃 아래 그늘을 찾
은 건 몇 해 되지 않았다. 먹고살자고 내려온 이곳에서 생업 관련하여 가장 큰 도자
기 축제가 해마다 봄이면 열려 제대로 만끽할 만한 여유가 없었던 모양이다.

그러던 어느 해 봄, 집으로 들어오는 길목에 어김없이 노랑 민들레, 보라 제비꽃,
하양 냉이 꽃이 만발해 봄이 왔음을 알려주고 있었다. 잠시 눈을 들어 올려다본 봄
하늘, 벌들이 '앵앵' 바쁜 날갯짓을 하며 파란 하늘을 수놓는다. 그런데 어라, 그 옆
으로 '팡팡' 팝콘 같은 하얀 꽃이 하늘 가득 만발했다.

언제부터 넌 그 자리였니?
언제부터 넌 그렇게 예뻤니?

괜스레 눈이 붉어지고, 마음이 뜨거워진다. 혼자 보기 아까운 풍경이었다.

봄이라지만 추운 굴 속 같은 작업실에서 혼자 애쓰며 작업 중이던 꽁지 씨를 잠시 불러내 좋아하는 하얀 막걸리 한잔 건네주었다. 어느 날은 한 차 가득 봄꽃을 싣고 온 소녀 감성의 토토 언니와 커피 타임을 만들기도 했고, 봄에 열리던 축제가 가을로 밀려 여유가 생긴 지난 봄에는 자두나무 아래로 지인들을 초대했다. 자신 있는 음식 한 가지씩 준비해 자두나무 아래에서 외국 아낙네들처럼 포트럭*Potluck* 피크닉 파티를 열었다.

오래 전 누군가 한 그루 한 그루 심었을 자두나무 아래
예쁜 여인네들이 한아름 봄꽃을 선물 받았다.

낭
만
행
주
치
마

자두나무 아래에서의 소풍으로 그녀들을 초대한 날,
갖고 있던 앞치마들을 꺼내 마당 빨랫줄에 쪼르륵 걸어놓았다. 각자에게 어울리
는 앞치마를 고르고 걸쳐보며 마치 소녀가 된 듯 행복해 하던 그녀들 모습에 준비
한 기쁨은 배가 된다.

일상 속 작은 이벤트!
살림에도 이벤트처럼 낭만 요소를 더하면
살림이 즐거운 놀이가 된다.

농사도 화보

태풍 소식이 들려 허겁지겁 자두 수확 준비를 한다. 지난해 태풍에 모두 떨어지고, 썩어 버린 아픈 기억에 올해는 서둘러본다. 자두 따자면서 빈티지 에이프런 걸치고, 꽃 장화 신고, 하얀 법랑 대야와 양동이 꺼내 비주얼에도 신경 쓴다.

시골에서 살고 있으나 농사를 짓지 않는 우리 부부는 누군가 오래 전 심어둔 자두 나무로 인해 이렇게 멋진 수확의 기쁨을 느낀다. 게을러서 손질 한번 못해준 덕에 그야말로 유기농 자두가 된 오렌지카운티의 자두. 해걸이를 하고 올해는 가지가지마다 동글동글 더욱 풍성하게 열렸다. 에이프런에도, 모자에도, 양동이에도, 탐스럽게 익은 자두가 가득이다.

마침 사다리 빌려갔다가 들고 온 꽁지 씨 후배한테도 한 봉다리 가득 쥐어주고, 상추며, 오이며, 고추, 토마토 매번 얻어먹기만 하던 이장 아저씨에게도 처음으로 우리 집에서 난 수확물을 건넸다.

자두 익기를 기다리던 어머니께도 한 박스 보내드리자.

시골 아줌마들 즐겨 입는 꽃 바지 입고 자두 주워 담는 꽁지 씨 모습이 예쁘게 보여 잠시 사진놀이에 들어갔다. 사진 몇 장 블로그에 올렸더니 이웃께서 오렌지카운티에서는 '농사도 화보'라고 하셨다.

시골에 살면서 하루도 쉬지 않고 징글징글 농사일 많이 하는 부모님 보고 자라서인지 그 힘들고 고된 일을
일부러 하고 싶지 않았기에 텃밭 가꾸기조차 엄두를 내지 않던 나는 장마가 시작되기 전, 매년 여름이면 즐
길 수 있는 불로소득 농사, 우리의 자두 수확 농사를 오늘도 낭만으로 즐긴다.

엄마, 아버지….

참 오랜만에 편지를 쓰네요.

초등학교 4학년 때 서울로 전학을 오고 나서는 엄마, 아버지 보고 싶을 때마다 연필 꾹 꾹 눌러가며 눈물로 그리움의 편지를 쓰던 기억이 생생하네요. 그렇게 부모님께 띄우던 편지는 대학 어느 학년까지는 계속 되었던 것 같아요. 방학 때 고향 집에 내려오면 아버지의 소나무 책상 서랍에 제가 서울에서 보낸 편지들이 차곡차곡 잘 모아져 있었죠.

초등학교 어느 여름방학이었나 봅니다.

늦잠을 자고 일어나보니 엄마는 아침을 차려 상보로 덮어놓으시고는 벌써 들일을 나가 셨더라구요. 방 안까지 깊숙이 들어와버린 여름의 아침 햇살. 근데 그 햇살이 어찌나 고 즈넉하고 여유롭던지…. 아침 먹는 것도 잊은 채 집 앞 텃밭에 아버지가 심어놓은 사과 나무 아래로 나갔지요. 아직은 주먹보다 작은 풋사과 하나를 따서는 한입 베어물며 생 각했어요.

'아…나 왠지 초원의 집 주인공 로라 같아.'

반면, 엄마, 아버지는 왜 로라의 엄마, 아빠처럼 낭만적이지 못할까? 왜 우리 집 농사일 은 해도 해도 끝이 없을까 생각하며 답답하기만 했어요. 그래서 그런지 시골 살이 하겠 다 내려와서도 넓은 땅이 우리에게 주어졌어도 저는 당최 텃밭 가꾸는 것조차 하기가 싫 었어요.

엄마, 아버지….

마당에 얼마 되지도 않는 풀 뽑으면서 힘들다 투정할 때, 종일 뙤약볕 아래서 허리 한번 펴지 못하고 일하실 엄마 생각이 났어요. 손바닥만한 뒷마당에 꽃 가꾸겠다고 퇴비 조금 뿌릴 때, 몇십 마지기 되는 땅에 종일 거름 치시던 아버지도 생각났어요. 그러다 마당에 소담하게 핀 꽃을 보면서 그제야 그런 생각이 들었어요.

'울 엄마라고 마당 한 켠에 심어놓은 꽃들이 왜 예쁘지 않았겠어?

울 아버지라고 평상 그늘이 왜 좋지 않으셨겠어?' 하는 생각이 들더군요.

다 우리 육 남매 키우느라 마당에 꽃 들여다볼 여유도 없이, 평상 그늘의 잠깐 쉼도 없 이 그렇게 치열하게 사셨을 텐데 낭만이나 운운하던 못난 딸 참 철없었구나 싶어 가슴이 뜨거워졌습니다.

엄마, 아버지!

긴 겨울 지나고 봄이 되면 같은 시골 사는 막내딸은 올해에는 살구꽃이 언제 피려나, 마당에는 무슨 꽃 심을까 고민하는데, 엄마, 아버지는 오늘도 농사 달력 보며 고추씨 언제 뿌릴까 계획하시겠죠. 이 젠 두 분도 조금 쉬엄쉬엄 하셔도 좋을 것 같아요. 꽃이 피면 꽃도 보시고, 볕 뜨거울 땐 그늘도 찾 으시고, 추운 긴 겨울엔 따뜻한 나라로 여행도 좀 다녀오시구요.

우리 보고는 늘 "젊을 때, 두 다리 성할 때 좋은 데 많이 가라." 하시면서 두 분은 그러지 못하셨죠. 봄은 농사짓기에도 좋은 날이기도 하지만 놀기에도 참 좋은 날이에요. 올봄에는 막내랑 상춘이나 떠나시죠?

평생 정직하게 농사일 해오신 당신을 사랑하고, 존경합니다. 엄마, 아버지, 오래오래 건강하세요.

해도 해도 끝이 없는 농사 대신, 해도 해도 좋은 낭만 시골 생활을 선택한 막내딸 올림.

고양이, 루시

설이와 아기 고양이들이 나간 자리에 새 고양이 '루시'가 식구로 들어왔다.
고양이도 개도 좋아하지만 집 안에서만큼은 자신 없다는 꽁지 씨의 반대를 해랑의
눈물과 나의 묵언 시위로 맞이하게 된 것이다.
토담 언니네 고양이가 이번에 새끼를 낳았는데, 그 아기 고양이 세 마리 중 한 마
리가 루시다. 루시는 귀가 접히는 모양새가 특징인 스코티시 폴드Scottish Fold종의
고양이다. 성격이 온순해 사람을 잘 따른다는 스코티시 폴드여서 그런지 박스에
서 '학학'거리던 첫날의 루시는 이제 내 뒤만 졸졸 따라다니며 집 안 이곳 저곳을
돌아다니고 있다. 들고양이 설이와는 달리 집 안에서 키울 수 있어 오렌지카운
티에 온 지 일주일 만에 온 가족의 사랑을 받는 몸이 된 루시. 아가들처럼 자면서
잠투정도 하고, 울음소리도 작고 가냘프고, 누워 있으면 배 위로 쪼르륵 달려와서
는 한쪽 어깨 위에서 잠들고, 혼자 있다 가족들이 돌아오면 바둑이처럼 문 앞에서
반겨주기도 하는 애교 덩어리가 되었다.

들고양이였던 설이가 아기 고양이 네 마리를 데리고 사라져버린 지 며칠.
중성화 수술과 아기 고양이 분양을 의논하던 때의 갑작스러운 가출이었다.
처음 설이가 우리 집으로 왔을 때의 그 모습처럼 가장 작고 약하던 막내 고양이가 걱정이다.

오늘이 생애 최고의 날이 아니어도 좋다.

무료한 듯 평범한 보통의 날들.

하루하루가 고마운 요즘이다.

계
절
이
야
기

시골로 이사 와서는 모든 계절이 다 아름답지만 소녀 시절부터
왠지 모르게 좋았던 가을이 특히나 좋다.
유리병에 꽂아 둔 국화 향이 방 안을 온통 그윽하게 채울 때의 행복,
매일 다른 색의 노을로 물들이는 해질녘의 가을 하늘,
인위적으로는 만들어낼 수 없는 오로지 자연만의 풍부한 색감,
그런 가을이 좋다.
그 가을의 여유가 좋다.

짧아서 더 아쉬운,
그래서 하루하루가 금쪽같은 가을이 좋다.

가을이 사랑스러운 이유

가을을 맞이하는 자세

생각해보니 가을앓이는 오래 전부터였다.
대학 3학년 늦여름, 결혼한 언니네 집에서 살던 나는 2학기를 앞두고 그야말로 완전한 독립을 했다. 친구들과 가족의 도움으로 이사를 마치고, 온전한 자유를 만끽하며 축배라도 들어야겠다 싶었던 독립의 첫날밤. 모두 돌아간 그 밤 왠지 모를 외로움에 왈칵 눈물이 쏟아졌다. 아무런 이유도 없었다. 그저 그날 밤, 밤마다 울어대던 시끄러운 매미소리 대신 가을 풀벌레 소리가 어디에선가 들렸더랬다. 문득 가을이다 싶었다.

어느새 시골에서 보낸 아홉 번째 여름, 그리고 아홉 번째 맞이하는 가을.
시골에서의 계절의 변화는 무딘 사람도 섬세하게 만들고 예민하게 만드는 무엇이 있다. 가을 타는 여자 콩콩, 가을에 대한 반응은 늘 가슴 한 켠에서 시작된다. 8월 31일까지 꽉 채우고, 달랑 하룻밤 차이로 9월에 자리를 내어주면 거짓말처럼 가을을 타기 시작한다. 하루 종일 아무것도 안 하고 바느질만 하고 싶기도 하고, 어디론가 훌쩍 떠나고 싶기도 하고, 괜스레 한밤중에는 김동률의 음악에 취해 와인 한잔도 들고 싶고, 누군가에게 손 글씨를 끄적이게 하는 가을.
늘 짧아서 아쉽고, 늘 갑작스럽게 떠나가 아쉬운 가을….
이젠 무뎌질 때도 된 것도 같은데 묵을수록 더 감성적인 인간이 된다.

또다시 가을이다. 맘껏 빠져보자!
Fall in Fall!

"우리 자전거 탄 지 오래 됐지? 산책 나간 지도 오래 됐네!"
늦은 아침 먹고 다 같이 나선 산책길

어느덧 시월이다.

단풍을 즐기는 방법

목이 붓고, 열이 나고, 머리가 아프다.
며칠 무리했는지 온몸이 불덩이처럼 몸살을 앓다가 겨우 정신을 차렸다.
초절정 단풍을 이대로 보낼 수는 없다. 단풍처럼 빛나는 태, 해랑 손을 붙잡고 우리
들만의 '비밀의 숲'으로 단풍놀이를 갔다.

나 혼자서는 이렇게 행복하지 않을 것이다.
나 혼자서는 이렇게 충만하지 않을 것이다.

그들이 내 곁에 있기에 온전하다.

어제 내린 비, 오늘 부는 바람으로 온통 낙엽 천지다.
가을이 이렇게 가려나 보다.
노랗게 흩날리는 가을 숲에서 해랑은 춤을 추고,
태랑은 힘차게 자전거 페달을 밟았다.
수북이 쌓인 낙엽…이제 곧 눈 속을 거닐게 되겠지?

참으로 눈부시고 아름다웠던 가을… .

고마웠다.

오매 단풍 들것네

오렌지카운티 마당을 커다랗게 차지하고 있는 단풍나무 두 그루.
데크 룸 앞으로 보이는 청단풍과 그 옆의 홍단풍. 가을이 왔나 싶다가 어느 날
눈이 부시도록 붉어진 단풍에 나도 모르게 탄성을 지른다.

오매 단풍 들것네.
장광에 골불은 감닙 날러오아
누이는 놀란 듯이 치어다보며
오매 단풍 들것네.

김영랑 시인의 시구가 절로 튀어나온다.

아이들 등교 길 도로가로 한들한들
코스모스가 한창이다. 높아진 가을 하늘에
절로 흥이 난 엄마는 뒷좌석에 앉아 있는
아이들에게 묻는다!
"하늘은 높고, 말은 살찌는 계절이 뭘까요?"
그랬더니 동생 앞에서 잘난 체하고 싶은
태랑이 얼른 대답한다.
"천고마비의 계절!"
또 한번 엄마가 묻는다.
"가을은 ○○의 계절?"
그랬더니 이번엔 해랑이 지지 않으려
대답한다.

"가을은 독사의 계절!!"

"하하~."
우리 집에서는 틀린 말도 아니어서 실컷
웃었다.

데크 룸을 처음 만들었을 때 창문에 그렸던 그림
진서는 태랑의 호적 이름이다.

창밖에 아른거리는 가을이 아쉽기만 하다.

가을 마당에 겨울이 내려앉았다.

붉게 물든 단풍잎이 몇 번의 가을비로 다 떨어졌다 싶을 때면 데크 룸에 주물 난로가 설치된다. 우리 집의 본격적 월동 준비가 시작되는 것이다. 데크 룸의 연탄 난로 설치는 겨울 내내 방에서만 꽁꽁 묶인 채 살던 우리 가족을 한겨울에도 마루로 나올 수 있게 했다.

훈훈해진 마루의 공기에 아이들은 잠시 겨울 추위를 잊고 달고나도 해먹고, 고구마도 구워먹고, 가끔은 아빠가 끓여주는 추억의 양은 냄비 라면도 맛있게 먹었다. 나와 꽁지 씨는 연탄불에 모카 포트를 올려 진하게 추출한 에스프레소를 만들어 마시며, 온 가족이 둘러앉아 도란도란 이야기꽃을 피웠다.

갈수록 추운 게 싫어지는 나이지만 연탄 난로를 들인 후 데크 룸에서의 추위는 견딜 만하다.

데크 룸에 연탄 난로를 들이던 첫해, 마치 재미난 구경거리 생긴 양 연탄들이 기념이라며 멀리 사는 이웃들이 반가운 걸음으로 다녀갔다.
혼자서, 둘이서, 셋이서 찾아온 그녀들은 데크 룸 난로 앞에 둘러앉아 겨울 주전부리를 즐기며, 시골 낭만을 잠시나마 만끽하고 돌아갔다.

데크 룸에서의 추위는 낭만이다.

2011. 11

며칠 내내 한번도 쉬지 않고 내린 폭설에 이틀 꼬박 나갈 엄두도 못 내고
산짐승 하나 보이지 않고 들어오는 이도 없던 오렌지카운티.
쌓인 눈을 보니 "헉~!" 소리가 절로 난다.
꽁지 씨는 작업장 위의 낡은 슬래브 지붕 위의 눈이 무게를 못 이기고 무너지지나
않을까 밤새 걱정을 했다.
며칠 도저히 치울 엄두도 내지 못하던 눈, 겨우겨우 한쪽으로만 눈삽으로 치우고
차를 이용해 앞으로, 뒤로 오가며 길을 내었다.
사흘째 가게는 가보지도 못했다.
오늘은 느릿느릿 기어서라도 한번 다녀와야겠다.

밤새 보일러 얼까 몇 번을 들락이고, 세탁기 얼까 계속해 돌리느라 한숨도 못 잤다는 꽁지 씨…. 피곤함도 잊은 채 새
벽부터 나와 엄두도 나지 않는 눈을 치운다. 시골에서 살려면 안사람이든, 바깥양반이든 부지런해야겠다.

겨울에 눈이 많이 오면 그 해는 풍년이라는 선조들의 지혜 섞인 옛말이
이제는 이상 기후로 지구가 몸살을 앓는 상황이 되었지만
모든 건 생각하기 나름….

생각대로 해피 새해!
풍요한 새해가 되리라 믿어보자!

춘
삼
월
눈

밤새 성난 바람소리에 잠을 뒤척이는데, 해랑이
자다 깜짝 놀라 무섭다며 엄마 품을 찾았다.
매년 내리는 춘삼월의 눈…. 올해는 덤으로 바람
도 함께다. 나오던 새싹들 당황하겠다. 손바닥 정
원 식물들 신문지라도 덮어줄까 하다 말았다.
겨우내 꽁꽁 언 땅에서도 견딘 녀석들이라면 꽃샘
추위도 이기리라는 믿음에…

시골의 겨울은 유난히 길다.
찬란한 봄은 쉬이 오지 않는다.

집에 맛있는 꿀단지 숨겨놓은 아이마냥 엉덩이가 들썩들썩
가게에서 퇴근시간 여섯시를 좀처럼 채우기 힘들다.
아직 해가 남아 있을 때 서둘러 집으로의 귀가를 서두른다.
종일 작업실에 앉아 있는 엉덩이 무거운 남자를 불러 세운다.
평소와 달리 살짝 애교 섞인 목소리로 봄 산책을 나가자고 권한다.
얼핏 꽁지 씨의 얼굴에 미소가 아롱거리는 것도 같다.

봄인 탓이다.
한없이 아쉽고 아까운 봄꽃이고, 봄날이다.

와락, 봄

봄 봄 봄
꽃 꽃 꽃
와락, 봄이 왔다.
하룻밤 사이에 마술을 부린 듯
만개해버린 봄꽃들이
반가우면서도 벌써 아쉽다.
화들짝 봄!
꽃 천지,
봄꽃 잔치가 벌어졌다.

다시 봄이다.
한두 번도 아니지만, 시골에서의 봄은 언제나 설렘이다.

며칠 감기에 열이 나지만 가만 누워 있지 못하고 마당으로 나와
지난 가을, 겨울의 흔적을 쓸어 담는다.
묵은 낙엽 사이로 드러난 쫑긋쫑긋 새싹들
너 참 오랜만이다.

커다란 목련나무에 눈송이처럼 가득한
하얀 목련꽃을 올려다보고 있으려니
현기증이 난다.
잠시 꽃 멀미가 난다.
피고 지고, 피고 지고….

이래서 봄이 좋다.

간만에 아무 일도 없는 평화로운 휴일에
마당 테이블 위에 라디오를 켜두고
밀린 책을 읽어 내려간다.
읽다 보니 살랑살랑 봄바람에
절로 졸음이 온다.

이래서 시골이 좋다.

꽃 소식에 그녀들이 달려왔다.

잔뜩 늘어진 벚꽃 산책길, 마흔의 소녀들이 걷는다.

누가 꽃이고 누가 그녀들인지 들판 가득 수줍은 꽃들로 가득하다.

그의 전용 해우소 앞 봄 선물

꽁지 씨는 집 안의 화장실 대신 쭈그리고 앉아 일을 보는 바깥 화장실을 사용한다. 금방 나오라는 잔소리에도 불구하고 꽁지 씨는 그곳에 앉아 신문도 보고, 모처럼의 독서도 즐긴다.

두 번째 맞이하는 봄이었던가? 이웃에게 얻어서 마당 한 켠에 심어준 샤스타 데이지*Shasta daisy*가 만발해서 씨를 맺었다. 혹시나 하는 마음에 그 씨를 받아 꽁지 씨만의 전용 해우소 앞에 마구마구 뿌려주었더니, 그 이듬해부터 꽁지 씨만의 초록색 문 해우소 앞에 하얀 샤스타 데이지가 만발했다.

당신을 위한 나의 봄 선물입니다.

본격적인 여름이 되기 전의 마당은 참 좋다. 초록 나무도 좋고, 마당에 가득해진 꽃도 좋다. 그리고 무엇보다 가장 좋은 건 모기와 파리가 적다는 것이다. 한여름엔 모기 때문에 마당에 앉아 있는 것 자체가 곤욕이다.

마당에서 자유를 누릴 수 있는 건 바로 지금의 계절! 지인으로부터 선물 받은 해먹을 꺼냈다. 허리 굵고 든든한 단풍나무의 양해를 구하고 해먹을 걸었다. 잔디 대신 풀들이 자리를 차지한 마당, 비가 와서 한껏 또 자라난 풀을 뽑다가 잠시 해먹에 누워본다. 봄 내내 붕붕 꿀벌들이 붙어 살던 단풍나무에 끝이 빨간 프로펠러 씨앗이 가득 달렸다. 오렌지색 지붕도, 나무들이 만들어준 초록 지붕도, 앞마당에서 바라보는 뒷마당의 풍경도 모두 새롭다.

천천히 흔들흔들거리자니 멀지 않은 숲에서 '뻐꾹뻐꾹' 뻐꾸기 소리가 들려온다. 어렸을 적 흥얼거리던 동요가 입 속에 맴돈다.

해먹에 누워 나도 모르게 스르르 잠이 들 것만 같은 오후다.

아카시아 흰 꽃이 바람에 날리니

고향에도 지금쯤 뻐꾹새 울겠네.

가끔 학교에 가고 싶지 않다고 하는 아이 꾀병을 눈감아주고 싶은 날이 있다. 그 핑계로 집에 있는 아이들과 좋은 계절, 해 그림자 질 때까지 종일 함께하고 싶은 마음이 들기도 해서다. 늦잠을 잔 해랑이 어린이집을 가지 않겠다고 했다. 연노랑 감꽃이 마당 위로 후두둑 떨어진 날이었다.

어린이집에 가지 않은 해랑이랑 감나무 아래 앉아 떨어진 감꽃 줍기를 했다.

"엄마 하나.", "해랑이 하나." 하며 도자기 사발에 담았다. 작은 별 모양을 한 노란 감꽃이 사발에 한가득이다. 주워 담은 감꽃을 실에 하나, 둘 꿰기 시작했다.

조금 꿰더니 해랑이 팔찌가 되었다며 신나서 팔짝팔짝 뛴다. 고사리 손에 둘린 감꽃 팔찌는 여느 액세서리 못지않다.

2007년 해랑이 다섯 살 때 처음 감꽃 목걸이를 만들고 즐거워하는 모습.

2008년 여섯 살 때 해랑의 모습. 이후로 봄이면 감꽃 목걸이 만들기를 했다.

시골에서 초등학교를 다녔던 짧은 기억
학교 뒷마당, 위로 솟은 수도꼭지 위로
노란 감꽃이 참 많이도 떨어져 있던 날
지독한 암모니아 냄새
지금도 감꽃을 보면 어디에선가
그 냄새가 나는 듯 나의 기억 속 감꽃은 그렇게
암모니아 냄새와 함께 기억되고 있다.

넌 나의 영원한 별,

넌 나의 영원한 우주,

넌 나의 영원한 큐피트.

암모니아 향 가득했던 엄마의 기억 속 감꽃이

아이의 기억 속엔 달콤한 사랑의 향기로 남기를.

길게 꿰인 감꽃을 해랑이 머리 위에 씌워본다.

세상 어디에도 없는 가장 아름다운 감꽃 화관이 되었다.

어디에서 찾아왔는지 오빠 활을 꺼내 활 쏘는 시늉을 한다.

해랑이 사랑의 천사 큐피트가 되었다.

아이들과 산책길에 나섰다 길가에 피어난 인동이 있길래 뿌리 한쪽을 살살 달래 뽑아와 데크 룸 창가 아래 심어두었다. 생명력이 강한 인동이 데크 룸 창을 타고 올라가 풍성하게 자라주길 바랐다. 나의 뜻대로 인동은 몇 해 지나지 않아 창가를 타고 올라 하얗고 노란 꽃을 피우기 시작해서 초여름이면 데크 룸 한쪽 창가에 장관을 이루었다. 하얗게 피었다가 노랗게 변한다 하여 금은화라 부른다지. '예쁘다' 감탄하며 기특해 하는 것도 잠시, 이제 태랑이 한 달간의 방학을 마치고 인도로 돌아갈 시간이 머지않았음을 알려주는 시기이기도 하다.

작년 이맘때 태랑이 유학 비자를 내서 처음으로 인도로 향하던 날을 생각하면 아직도 마음이 먹먹하다. 전날 밤 온 가족 끌어안고 눈물의 이별식을 치르고, 이젠 절대 울지 말자며, 우는 사람은 꿀밤 맞기 내기를 했음에도 불구하고 왈칵왈칵 밀려오는 슬픔을 어찌할 도리가 없었다. 인도에 살고 있는 언니가 몇 번 태랑의 유학을 권했지만, 어린 나이에 서울 유학길에 올랐던 나로서는 그 누구보다 부모님 곁을 떠나 지내는 외로움과 슬픔을 알기에 절대 못 보낸다고 손사래 쳤다. 그런 내가 태랑을 인도에 보내기로 마음먹기까지는 참으로 많은 고민의 시간이 있었다. 자식을 키워봐야 비로소 부모 마음을 안다고 했던가? 나의 부모님 역시 어린 딸을 서울로 보내며 이런 심정이었겠구나 싶었다.
평상시 엄마 말을 사려 깊게 듣는 태랑이의 인도행 결정은 크게 어렵지 않았다. 초등학교 1학년 때 할아버지랑 다 같이 다녀온 좋은 기억이 있어서이기도 했을 것이다. 지금은 오히려 엄마 걱정을 할 만큼 잘 적응해서 지내고 있는 태랑이 가끔 농담처럼 말한다. 자신의 인생 중에 가장 후회되는 말이 해랑이랑 싸우는 게 지겨워 자신도 모르게 "나 인도 간다."라고 했던 말이란다.

붙어만 있으면 티격태격 싸우는 톰과 제리 같은 남매. 하지만 헤어지고 만날 땐 둘도 없는 남매.

인도로 떠나는 이별과 만남의 계절을 몇 차
례 겪으면서 태랑은 우리 집 창가의 풍경도
하나하나 마음속에 담아 두었었나 보다. 하
루는 지금 창밖에 보이는 꽃은 무슨 꽃인지
물었다. 데크 룸 창 너머로는 인동이 한창
이었다. 인동이라고 알려주었더니 살짝 떨
리는 목소리로 그 꽃이 밉다 한다.
이제 곧 두 번째 방학을 마치고 다시 인도
로 돌아가야 하는 태랑에게 인동이 핀다는
건 이별의 시간이 다가왔음을 알려준다는
걸 알았나 보다.

태랑을 공항으로 배웅하고 돌아온 날, 겨우
겨우 눈물을 숨기고 집에 돌아와보니 마당
에 인동이 한창이다.
나도 인동이 미워서 그만 고개를 돌리고 말
았다.

태랑에게는 '공항의 이별'이라는 꽃말이 되어버린 인동. 가
슴이 아프다.

'후두둑' 처마 밑 양동이로 빗물 떨어지는 소리에 잠이 깬 새벽. 드디어 장마가 시작되려나 보다.

장마를 앞두고 잔뜩 습해진 마당. 치워도 표도 안 나고 마당이 지저분해 보이고 음습해 보일 때가 바로 상마 시기다. 마당에 가득한 꽃들도 긴 한 달간의 장마를 치르고 나면 남아나는 아이들이 적다. 하지만 하는 데까지는 해보는 수밖에…. 길게 올라간 해바라기 줄기 뒤로 각목을 대어 묶어주고, 꽃대가 긴 아이들도 저마다 지지대를 만들어 철사 줄로 묶어준다. 비가 시작하자마자 져버릴 꽃들은 몇 가지씩 잘라 데크 룸의 유리병에 꽂아 조금 오래 즐겨보려 한다.

마당을 가꾸다 보면 반갑지 않은 손님, 여름 장마….

농사를 짓지 않는 우리도 마당이 초토화되고, 몇 그루 있는 과수들은 비바람에 후두둑 떨어져 이만저만 속상한 게 아닌데 긴 장마 끝에 농사 짓는 농부의 마음은 어떠랴 싶다.

칠월의 마당

칠월의 마당은 참담했다.

장마가 시작되고 거의 하루도 빠짐없이 내리는 비에 마당은 초토화된 지 오래다. 매일 아침 아이들 학교 바래다주고 돌아오는 길, 마당에서부터 시작되던 나의 즐거운 일과는 지난 칠월 동안은 마당에서 서성이던 시간이 있었던가 싶을 정도다. 남아 있는 꽃이 있나 잠시 살펴보는 중에도 곧 비가 쏟아질 듯 잔뜩 습기를 머금고 있다.

긴 장마에 풀만 무성해진 마당에 황금조팝나무와 좀작살나무, 목수국 같은 나무류 꽃들이 조금 보이고 그 외엔 모두 비에 녹아 휑한 자리를 드러냈다. 뒷마당 손바닥 정원에는 이질풀들이 무성하게 잠식해버렸다.

으으~, 뱀 나올까 무섭다.

마루에 바람 그림자가 흔들린다.
한낮의 여름 바람, 알로하!
여름엔 느릿느릿 게을러도 좋다.

○ 시골 살이 불청객들

모기

여름이면 모기, 나방, 날파리, 똥파리까지…. 각종 날개 달린 것들과의 전쟁이 시작된다. 물론 문득문득 출현해 우리를 놀라게 하는 뱀까지…. 시골 살면서 달리 어쩔 수 없는 것 가운데 하나가 여름 모기 떼지만 여름이 시작된다 싶으면 갖은 방법을 동원해봐야 한다. 물린 후의 그 가려움을 어찌 말로 설명할 수 있으리…. 방마다 방충망부터 치고, 뿌리는 것에서부터 바르는 것까지 각종 모기 퇴치제와 모기약들을 집 안 구석구석 단단히 준비해야 한다.

불청객 뱀

6월의 시작과 함께 날갯짓을 시작한 백접초의 가녀린 잎이 궁금해 손바닥 정원에 나갔다가 풀숲 사이로 연두색의 뱀을 만났다. 길고 가느다란 몸의 연두색 뱀…. 그 자리에 돌처럼 굳어 서자 그 녀석도 가만 있더니 아무 일 없었다는 듯 쓰윽 단풍나무 숲으로 사라졌다. "휴우."
어느 해엔 단풍나무 아래로 쳐놓은 마당 빨랫줄에 빨래를 널다 슬그머니 마실 나온 뱀을 보고 소스라치게 놀라고, 어느 해엔 그네 옆 풀숲에서 독사로 추정되는 뱀을 만나 온종일 간담이 서늘했던 적도 있다. 전화를 하며 마당 이곳 저곳을 둘러보던 중인데 1m 전방에 꼿꼿이 머리를 들고 서 있는 독사를 보고 어찌나 놀라 비명을 꽥꽥 질러댔는지 전화 통화하던 상대방도, 집 안에 있던 아이들도, 작업장에 있던 꽁지 씨까지 모두 놀라 뛰쳐나왔다. 이후로 마당 일을 할 때나 손바닥 정원에 풀을 뽑을 때면 긴 장화를 꼭 신고 나간다. 내가 즐겨 신는 꽃 장화가 남들은 장식으로, 멋으로 신는 줄 알지만 우리 집 마당에서는 안전을 위한 필수품이다.

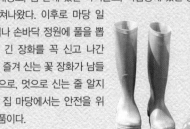

고통을 나누게 하는 벌들

시골 살이 몇 해 안 되었을 때 땅벌에 쏘인 꽁지 씨. 정말 몇 분 안 지나 온몸에 두드러기가 생겨 응급실행을 한 적이 있어 벌은 늘 경계의 대상이었다. 특히나 아이들이 쏘이면 더욱더 위험한 것은 불 보듯 뻔한 일이라 벌이 출몰하는 계절이면 항상 조심해야 한다.

며칠 전부터 불빛을 타고 저녁마다 말벌이 집 안으로 들어오는 게 심상찮은 날이었다. 조명 주변으로 '앵앵' 소리를 내며 나타난 말벌에 아이들이 놀라 말벌 경보를 울리자 엄마 출동, 살충제를 '찌익' 꽤 길게 분사했는데 갈수록 강해졌는지 녀석들은 금방 떨어지지 않는다. 계속된 분사에 간신히 기절시켰나 싶었는데 말벌이 보이지 않는다. 어디로 떨어졌는지 찾는데 '아차' 싶다. 떨어진 벌을 그만 내 발로 밟고 만 것이다. 순간 불침에 맞은 듯한 따끔함에 "악!" 비명을 지르고 말았다. 안방으로 피신해 있던 아이들이 뛰쳐나오고 무서우면 울기부터 하는 해랑은 벌써부터 눈물 바람이다.

태랑이 침착히 작업실에 있는 아빠를 부르러 뛰어나가고, 발은 벌써 퉁퉁 부어올랐다. 응급실에 가야 하지 않겠냐는 꽁지 씨 말에 괜찮을 것 같다며 미련스럽게 아침까지 참아보기로 했다. 다행히 몇 해 전의 꽁지 씨같이 두드러기나, 우려했던 호흡곤란 증상이 오지 않았기 때문이다. 그렇지만 꼭 아기 낳을 때만큼의 주기적으로 밀려오는 통증은 밤새도록 나를 괴롭혔다. 아무리 산고를 겪어본 아줌마라지만 참기 힘든 고통이었다. 그런데 땅벌에 쏘여본 적도 있는 이 양반, 당신 좋아하는 막걸리를 다룬 다큐멘터리 심히 공감하면서 시청 중이라 고통스런 나의 신음 따윈 건성건성이다. 어쩜 이 사람이 내 남편이 맞나 싶다. 이래서 남편은 남의 편이라고 하는 건가? 아프기도 하지만 서러워서 눈물이 핑 돈다.

날이 밝자마자 병원에 쫓아가서 주사도 맞고, 약도 받고…. 며칠은 가렵고 힘들 거라 한다. 그날 저녁, 오래된 마루 천장의 벌어진 틈으로 자꾸만 출몰하는 말벌의 진원지를 알아낸 꽁지 씨는 천장을 메우고 남아 있는 말벌 퇴치 작전에 나섰다.

그런데 잠시 뒤 외마디 짧은 비명! 세상에나 나랑 똑같은 과정으로 떨어진 말벌을 발로 밟은 꽁지 씨. 부부는 일심동체?! 어이없게도 난 오른발, 꽁지 씨는 왼발이다.

그날 밤, 밤새 똑같이 앓기 시작한 꽁지 씨…. 어젯밤 이렇게 아팠냐며 그제야 심하게 공감하는 눈치다.

다음날 연달아 고통스러운 표정으로 병원에 등장한 우리 부부…. 의사도 어이없는 모양이다.

그 앞에서 어쩜 부부가 하는 말도 똑같다.

"엄지손가락만한 말벌인데, 쏘인 게 아니라 날카로운 이빨에 물린 거라구요!!"

말벌 퇴치 방법

1. 말벌 살충제를 '찌익' 뿌려 일단 기절시킨다.
2. 바닥에 떨어진 말벌을 파리채로 한 번 더 때려잡는다.
3. 떨어진 벌은 절대 맨손으로 잡지 않는다. 장갑이나 고무장갑 낀 손으로 처리한다.

잠시 바람도 쉬었다 가는 곳, 바람의 정원

마 당 놀 이 터

커다란 분홍 접시꽃이 길게 자라고, 오글오글 주름진 붉은 맨드라미 피어나고, 통통한 잎사귀 끝에 매달린 하늘하늘 조그만 채송화가 낮게 피어난 여름 마당. 마당 가득 하얀 눈이 소복이 쌓여 네 살 터울의 오빠랑 이른 아침부터 한낮이 될 때까지 미끄럼틀을 만들고 비료 포대에 짚을 한 주먹 넣어 폭신하게 한 뒤 해가 저물도록 미끄럼을 타던 한겨울의 마당. 모두 마당에 대한 내 유년의 기억이고 추억이다.

시끄럽게 달리는 차 소리와 덜컹거리는 전철 소리에 눈을 뜨던 서울 생활을 청산하고 이사 온 다음날 맞이한 시골의 첫 아침. 그 무엇보다 푸른 마당이 나를 힘껏 안아주는 느낌이었다. 내게 다시 마당이 생긴 것이다. 마루에 걸터앉아 "아, 좋다!" 하며 멍하니 마당을 내다보고 있는데, 갑자기 모기 한 마리가 방해를 한다.

까짓, 모기 몇 방 물린들 어떠리.
까짓, 빨래 널다 쓰윽 지나가는 뱀 한 마리 본들 어떠리.
까짓, 풀 뽑다 따끔하게 벌침 한 방 맞으면 어떠리.
까짓, 오래된 지붕에서 비가 샌들 어떠리.
까짓, 방에서 점피를 입고서노 오늘오늘 좀 떤들 어떠리.

그럼에도 불구하고, 방문을 열고 한 발짝 나서면 맞이해주는
자연의 위로가 이 모든 걸 한꺼번에 잊게 만드는걸.

마당 있는 우리 집, 마당이 있어 참 좋다.

마당 놀이터

손바닥 정원

뒷마당 이름을 뭘로 지을까 고민하다 손바닥만한 꽃밭이라는 생각에 '손바닥 정원'이라 이름 지었다. 텃밭인지, 풀밭인지 모를 뒷마당을 일부 정리하고 채소 대신 좋아하는 꽃을 가꾸기로 구분한 곳이다.

즐겨 가는 꽃집에서 마거릿과 데이지가 들어왔다는 전화를 받고서는 작업하다 내팽개치고 한달음에 달려가 세 판을 사 들고 와 허전한 손바닥 정원 이곳 저곳에 나눠 심고, 주워온 핑크 이젤 위에 태, 해랑 손바닥을 찍어 간판도 만들어 달았다.

풀숲 같던 뒷마당이 미니 정원의 모습을 갖춰가는 듯해 얼마나 행복했었는지.

아침 일찍은 절대 못 일어나던 나를 닭도 울지 않은 이른 새벽에 두 눈 번쩍 떠 거닐게 하던 손바닥 정원이었다.

2007년 처음 손바닥 정원을 만들었을 때의 모습.

2008년 꽃밭이 되고 있는 손바닥 정원.

2009년 뽑아도 뽑아도 돌아서면 풀이 자라나 점점 풀밭이 되어가는 손바닥 정원.

마당 놀이터

마당 있는 집으로 이사 들어온 지 만 4년이다.

늘 열심히 가꾸며 살아온 것 같은데 보는 것만으로도 마음이 넉넉해질 만한 정원이 없음이 무척이나 안타깝다. '늦었다고 생각할 땐 이미 늦었다?' 그렇다고 손을 놓으면 더 늦어지는 거겠지! 내일부터는 뒷마당에 심어놓은 아이들을 앞마당 쪽으로 옮겨 심어 조금씩 자리잡도록 해야겠다. 손바닥 정원이라 하여 나름 야심 찬 정원을 만들어보려 하였지만, 뽑아도 뽑아도 올라오는 뒷마당의 잡초를 이제는 도저히 감당할 수가 없다. 완전 꽃 반, 풀 반이다.

다시 또 시간이 걸리겠지만 앞마당으로 조금씩 옮겨 심어 시간이 흐를수록 집과 자연스럽게 어우러질 수 있는, 내 가까이에 가드닝을 해야겠다.

일명, '콩콩 씨 특별 관리 구역' 되시겠다.

2009년 8월 25일

2009년 8월 손바닥 정원 앞마당으로 이전 감행.
섀시 창문 벽면에 프로방스 느낌의 덧창도 만들어 달고 그 앞에 미니 정원을 꾸며주었다.

마당 놀이터

2009년 10월 제자리를 잡아가고 있는 앞마당 모습.

2010년 6월 어느 정도 자리 잡힌 앞마당 모습.

2012년 5월 봄꽃이 지고, 여름 꽃 개화를 기다리는 앞마당.

2013년 다양한 꽃으로 풍성해진 현재의 앞마당 모습. 계절마다 다른 종류의 꽃이 피고 진다.

우리 집에서 가장 좋은 곳!
햇살의 움직임을 시간마다 느낄 수 있는 곳,
바로 마당이에요.
혹시나 누추한 살림에 실망했을지라도
마당만큼은 압을 모아 부러워한답니다.

여름이 시작될 무렵, 시골길을 차로 달리다 보면 대로변은 온통 노랑 물결이다. 바로 얼굴 큰 루드베키아꽃이 그 노랑 물결의 주인공이다. 꽃이라면 다 좋아하지만 이상하게 노랑색 꽃은 별로 좋아하지 않았던지라 길가에 가득한 꽃 무리에도 별로 감탄하지 않은 꽃이 루드베키아였다.

어느 해 가을, 그 길 한쪽에 차를 세우고 꽃이 진 자리에 맺힌 씨앗들을 조금 채취해와서 마당에 뿌려주었다. 봄비가 내려 촉촉해진 땅 위로 솜털 같은 새싹이 돋아나더니 하루가 다르게 쑥쑥 자라났다. 어떤 식물일까 궁금해 매일 아침 마당 산책을 하며 동태를 살폈다. 살포시 주먹 쥔 아기 손가락처럼 생긴 꽃망울을 맺은 모습이 어찌나 예쁘던지 꽃이 피는 순간을 놓칠까 안달이 났다. 살포시 쥔 손 하나, 둘 펴며 내게 손짓하듯 노란 꽃을 피울 때 어찌나 감동이던지…. 그 꽃이 바로 루드베키아다.

씨앗을 뿌리고 조그만 새싹부터 꽃이 피도록 들여다보는 일은 마치 내 아이가 뒤집기를 하고 걸음마를 하는 모습에 기뻐하고 감동받는 부모의 마음과 같다. 꽃 이름과 종류를 다 알지는 못하지만 마당에서 자라는 아이들만큼은 일부러 꽃 이름을 외우고 불러주는 것 또한 그 때문이기도 하다.

"루드베키아! 가만히 보니 너 참 이쁘다."

2009년 11월 온 나라가 신종 플루로 몸살을 앓던 가을이었다.
며칠 열이 나고 기침이 나던 태, 해랑이 신종 플루 의심 진단을 받고 약을 처방 받아 돌아오던 길이었다.
애써 덤덤하고자 무심코 채취한 길가의 루드베키아 씨앗이 이제는 우리 집 마당에서 초여름이면 노란 꽃을 피운다.
'영원한 행복'이라는 꽃말을 가진 루드베키아…. 우리 오래오래 건강한 모습으로 행복하게 살자.

홍자귀

마당 빨랫줄에 탈탈 털어가며 빨래를 널다 보니, 어느덧 홍자귀가 공작새 깃털 같은 붉은 꽃을 피웠다. 홍자귀를 보면 어김없이 떠오르는 어린 시절의 기억 한 조각. 그 기억에 '피식' 웃음이 난다.

초등학교 2학년 때쯤이었을까….

몇 리나 되는 논밭 길을 걸어서 등교해야 했던 시골의 작은 학교. 그날도 단짝 친구와 등교하던 길이었다. 그러다 저어기 산머리에 마치 부채춤 출 때의 부채 같은 하얗고, 분홍빛 고운 꽃이 아른아른 예쁘게 핀 걸 발견했다. 그 순간 친구와 나는 선생님 교탁에 꽂아드리자고 의기투합하고 산으로 달려갔다. 하얀 얼굴에 친절한 선생님께 드리면 분명 좋아하실 것 같았기 때문이다.

하지만 가까워 보였던 산은 막상 가도가도 달아나는 듯 멀기만 했다. 책가방은 점점 무거워지고, 가방 속 도시락은 김치 국물이 샜는지 냄새도 나고, 온몸엔 땀이 주루룩…. 그만 돌아갈까 싶기도 했지만 이미 온 길이 아까워서 조금만 더 힘을 내보기로 했다. 드디어 도착한 야산.

"오! 마이 갓!"

가까이에서 본 그 꽃은 우리가 멀리서 달려오며 상상하던 꽃의 모습이 아니었다. 무슨 꽃잎이 붓처럼 가늘고 솜 뭉치처럼 보이는 것이 잎사귀는 힘도 없고 꽃인가 싶은 게 어린 우리의 눈에는 요상하기 그지없었다. 또 커다란 나무에 매달려 있어 손도 제대로 닿지 않았다. 이마에 송글송글 맺힌 땀이 실로 허탈해지는 순간이었지만 그래도 어쩌겠는가? 예까지 와서 그냥 갈 수도 없잖은가? 바둥바둥 겨우겨우 손에 잡힌 몇 가지를 꺾어들고 뒤늦게 학교로 향했는데, 아마도 그 꽃 꺾느라 다른 날보다 학교에 늦게 도착했던 것 같다. 아이러니 하게도 꺾은 꽃을 선생님께 드렸을 때의 선생님 반응은 기억이 나지 않지만, 땀 범벅이 된 두 소녀가 수줍게 내민 꽃, 아마도 상냥한 선생님은 고맙다고 받으셨을 게다.

유년의 추억이 떠올라 화원에서 들여온 백자귀

그 꽃이 자귀나무였음을 알게 된 건 최근 몇 해 전이었다.

초여름에 들른 화원에서 어렸을 때 마주한 분홍 솜털 모양을 한 것이 그 꽃인 게 분명한 나무가 꽤 많이 보였다. 주인장에게 이름을 물으니 자귀나무란다. 부부 금실을 좋게 해주는 꽃으로 인기가 많다는 설명을 덧붙였지만 난 그저 그 시절의 옛 친구를 만난 듯 반가움에 한 주를 사 들고 나왔다.

가까이에서 보니 올망졸망 분홍 꽃봉오리도 사랑스럽고, 어린 우리를 홀리던 깃털 같은 꽃잎도 신기하고, 오후가 되면 잎사귀를 오므리며 달라붙는 것도 신기하다. 그런데 꽃이 피고 나서 얼마 안 되어 툭툭 떨어지는 것이 고놈 성질도 급하단 생각이 들었다. 초등학교 때 선생님께 가져다 드렸던 그 꽃도 선생님 책상 위에서 금방 시들어버렸을 것 같은 생각이 들어 어린 시절의 내가 안쓰러웠다.

빨래를 널다 가까이 가보려니 어렸을 때처럼 가까운 듯 멀어지는 듯한 자귀나무.

해랑이 돌아오면 오후에 빨래 같이 걷으면서 엄마 어렸을 적 이야기 들려 주어야지 생각하니 '피식' 웃음이 번진다.

보랏빛 발길

해랑을 학교에 데려다 주고 들어오는 길, 마당 한 켠 보랏빛이 선연히 들어온다. 보라 꽃 생김새가 마치 털실을 묶어 잘라준 것처럼 귀엽고, 아직 피지 않은 초록색의 꽃봉오리는 꽃꽂이 소재로 쓰이는 수입 꽃 같다.

지난해 우연히 들른 가게 앞에 엉겅퀴 비슷한 꽃이 한 무더기 피어 있는 걸 발견했다. 토종 엉겅퀴보다는 색이 흐리지만 오히려 허브처럼 보이는 그 모양새가 좋아 보였다. 쥔장에게 부탁해 좀 꺾어가도 되겠냐 했더니 '저런 건 얼마든지'란 눈치로 가위와 장갑을 내어주었다. 줄기와 잎사귀에 가득한 가시 덕에 따끔따끔 찔려가며 꺾어온 야생화. 병에 꽂아 감상하다가 하얀 홀씨가 되어 날릴 즈음 마당 한 켠에 후루룩 뿌려주었다. 번식력이 좋은 아이니 우리 집 마당에서 뿌리 내려 잘 자라주길 바라던 기억을 까맣게 잊어버렸던 것이다.

다시 여름이 되도록 관심조차 가져주질 못했는데 혼자서도 잘 자라 예쁜 꽃까지 피워낸 보랏빛 야생화. 유월의 짙은 녹음 속에 톡톡 튀는 보랏빛 카리스마로 당분간 지나가는 이들 눈길, 발길 잡기에 충분하다.

→ 엉겅퀴

→ 지칭개

6~8월에 흔하게 볼 수 있는 자주색 들꽃이다. 엉겅퀴는 지칭개와 조뱅이와 달리 잎이 뾰족뾰족하고 잎 끝에 가시가 있다.

5~7월 사이 전국의 들판이나 산야에 핀다. 꽃이 피기 전 잎이 꼭 냉이를 닮았다.

→ 조뱅이
(알고보니 이 꽃 이름이
'조뱅이'였다)

지칭개와 닮았으나 엉겅퀴에 가까운, 그렇다고 토종 엉겅퀴 종류와는 많이 다른 들꽃이다.
엉겅퀴에도 지느러미엉겅퀴, 큰엉겅퀴, 도깨비엉겅퀴, 고려엉겅퀴, 정영엉겅퀴 등등 종류
가 많으니 아마도 엉겅퀴 종류 중 하나이지 않을까 싶다.

부추, 너도 꽃을 피우는구나

입추가 지나도록 한낮엔 늦더위가 기승이지만 계절의 변화는 어쩔 수 없나 싶다. 아침, 저녁 이불깃을 끌어올리게 하는 마당의 공기가 제법 선선하다. 오렌지카운티의 길목에도 언제 피었는지 부추가 하얀 별꽃을 피운 걸 보니 '이제 진짜 가을이구나' 싶다.

시골 살면서 처음 알게 되는 것들이 참 많다.
처음 부추꽃을 대면하던 날, 가늘게 뻗은 긴 줄기 끝에 조그맣고 하얀 별 모양의 꽃에 나도 모르게 감탄사가 튀어나왔다. 따로 심지도 않았는데 어디에서 나타난 꽃일까 의아해 하다 생각해보니 그 자리는 분명 봄 내내 우리의 입맛을 싱그럽게 해주던 부추 밭 자리였다. 다 뽑아 거두지 않고 화초처럼 남겨둔 부추에서 하얀 꽃이 핀 것이다.

"부추, 너도 꽃을 피우는구나!"

봄에는 먹을거리로, 가을에는 볼거리로!
이렇게 큰 기쁨을 주다니 부추, 너 참 예쁘다!

아침 이슬 촉촉히 머금고 있는 하얀 부추꽃. 간밤에 하늘에서 반짝이던 별이 땅으로 내려 앉은 듯 참으로 예쁘고 신기하다.

마당 놀이터

가위 손 정원사

4월 중순이 지나고 나면 마당 여기저기에서 몽우리를 터트리는 꽃에서부터 들에서 피어나는 냉이꽃, 민들레, 제비꽃부터 개나리, 진달래, 살구꽃, 철쭉까지…. 어느 순간 누가 먼저랄 것도 없이 봄꽃들의 향연이 시작된다. 그럴 때면 나는 조금 일찍 서둘러 하루를 시작한다. 간단한 아침 준비해서 아이들 먹이고 학교까지 등교시키고 돌아오면 본격적인 마당 돌아보기가 시작된다.

한 손에는 묵직한 전지가위, 또 한 손에는 인도에서 사온 오리지널 밀크통을 들고 오늘의 꽃꽂이를 위한 절화가 시작된다. 조금 잘라낸다고 해 되지 않을 풍성하게 핀 꽃이나, 너무 웃자란 꽃들을 골라 가지치기 겸 조금씩 잘라내 물을 채운 밀크통에 꽂아 담는다.

그리고는 다시 마당의 테이블 위에 쫘악 펼쳐두고는, 마당 한 켠에 모아둔 유리병이며, 남편이 빚은 도자기를 들고 나와 다양한 화기에 맞춰 다시금 높이를 맞추고, 물에 잠길 부분의 잎사귀를 다듬어 하나씩 꽂는다.

하나는 아이들 피아노 위에, 또 하나는 우리 가족의 거실인 데크 룸에, 또 하나는 남편의 작업실에 가져다 둔다. 마지막으로 그렇게 꽂힌 꽃을 보며 커피 한 잔을 마신다.

마당 한 켠에 핀 보랏빛 조뱅이를 꺾어다 오늘의 꽃꽂이를 시작한다.

찔레꽃 호사

마당이 있으니 철마다 이런 호사가 없다.
저 멀리 핀 하얀 들 찔레가 오월 내내 향기 진동하더니
이젠 뒷마당 분홍 찔레가 꽃을 피웠다.
시골집에 이사 온 다음 해 고속 터미널에서
오천 원 주고 사다 심은 화분 찔레가
마당의 힘을 받아 해마다 화려함을 뽐내고 있다.
짧은 가지의 찔레는 작은 유리병에 꽂고
새로 단 창가 선반에도 하나 올려주고
가게로 출근하는 바구니에도 가득 담는다.
나 오늘 이렇게 찔레꽃 봄 들고 출근!

마당 놀이터

오늘의 꽃꽂이

마당을 휘이 둘러보는데 따로 절화할 만한 꽃이 마땅찮다. 장마가 시작될 무렵이면 오락가락하는 잦은 비에 녹아 내리거나 뜨거운 햇볕에 시들어버려 때아닌 꽃 보릿고개를 맞이하는 탓이다. '오늘의 꽃꽂이는 당분간 휴업' 하려던 찰나 밭 둘레를 따라 마구 피어나 있는 하얀 꽃 무리가 눈에 들어왔다. 어렸을 적 시골 들녘에 지천으로 피어나던 개망초가 잔뜩 흐드러진 것이다. 흰색 꽃잎과 노란 꽃 수술이 마치 계란후라이처럼 보여 '계란후라이꽃'이라 불리던 개망초, 오늘 보니 올망졸망 조그만 모습이 예뻐 보여 개망초 한 다발을 꺾어 들어왔다.

오늘의 화기는 꽁지 씨의 질박한 도자기 와인 버킷! 사실 나에겐 와인을 담는 일보다 이렇게 꽃을 담는 용도로 더 자주 쓰이는 버킷이다. 한아름 꺾어온 개망초, 줄기만 다시 손질해 버킷 가득 꽂아주었더니 하늘하늘 청초한 캐모마일 못지않게 자연스러운 모양새가 나온다.

오늘의 내추럴 꽃꽂이 완성!

시골 살다 보니 계절마다 피고 지는 길가의 풀꽃 하나, 들꽃 하나 이제는 예사로 보이지 않는다. 친정 아버지 말씀대로 "별게 다 예쁘게" 보이는 지경에 이르렀다.

꽃 이름을 궁금해 하는 아이들에게 개망초 생김에 대한 얘기를 해주었더니 깔깔깔 좋아라 하며 "계란후라이꽃"이라 부른다. 어느 날은 태랑이 개망초 한 줌 꺾어 엄마에게 슬며시 내민다.

이 담에 아이들이 커서 들꽃을 보며
'아, 나 어렸을 때 우리 엄마가 내 피아노 위에 꽂아두었던 꽃이구나.'
추억할 수 있었으면 좋겠다.
그런 작은 추억에도 마음이 따뜻해지는 예쁜 아이로 자라주길 바라는 마음….
주책 맞게 그 먼 훗날을 상상하면 꽃을 꽂는 눈가가 뜨거워진다.

마당에서의 원데이

시골로 이사 오고 나서 가장 한가롭고 마음 편한 봄을 맞이하고 있다.

봄이면 매년 열리는 도자기 축제로 몸도 마음도 바빴기 때문이다. 정작 마당의 꽃이 "나 좀 봐!" 하며 봐달라고 아우성일 땐 아침 일찍부터 행사장에 나가서 해 그림자가 내려앉을 때에나 돌아와서 태, 해랑 건사도 잘 못하던 몇 년 동안의 늘 피곤한 봄이었다. 그런 도자기 축제가 올해는 가을로 옮겨지는 바람에 나에게 선물처럼 찾아온 봄이다.

이 좋은 봄날이 아까워, 마당에 올라오는 봄을 나만 즐기기가 아쉬워, 마당에서의 원데이 클래스를 계획했다. 평소 오렌지카운티에 놀러 오고 싶어 하던 지인들을 초대해 하루 테마 수업을 하면서 담소를 나누는 것이다. 테마는 남양주에서 플라워 숍을 하는 토토 언니에게 부탁해 '봄날 시골 마당에서 즐기는 꽃꽂이 수업'을 진행하기로 하였다. 이 봄 우리 집 마당과 무척이나 잘 어울릴 이벤트이지 않은가?

그렇게 마당에서의 첫 원데이 클래스를 계획하고 날짜까지 잡고부터는 온통 일기 예보에 촉각이 곤두섰다. 그날 하필 비가 내린다면 계획이 모두 수포로 돌아가는 것이니…. 나중에 듣고 보니 그날 오는 사람들도 모두 같은 심정이었다고 했다. 모두들 소풍 가는 날 비 올까 노심초사하던 아이들로 돌아간 모양이다.

드디어 원데이 클래스가 열리는 날!
뭔가 축축한 느낌에 새벽잠을 깨고 보니 아니나다를까 창밖으로 보슬보슬 비가 내리고 있었다.
모두 기대하며 기다렸던 날인데 싶어 잠시 암담했지만 불행 중 다행히도 오전부터는 차차 개인
다는 일기예보에 희망을 갖고 조금 일찍 마당으로 나와 젖은 테이블을 닦아내며 부지런을 떨어
보았다. 제일 먼저 꽃마차가 되었을 만큼 한 차 가득 새벽 시장을 돌고 온 토토 언니가 하루 도
우미를 자청하고 나선 진하와 함께 도착을 했다. 약속 시간이 가까워지면서 오늘 수업을 함께
하기로 한 반가운 얼굴들이 멀리서 속속 도착했다.
비가 와서 걱정이었다는 지인들은 반가우면서도 살짝 긴장한 얼굴들이다. 그런데 마지막 사람
이 도착했을 즈음 방금까지 내리던 보슬비가 거짓말처럼 멈추었다. 비만 멈춘 것이 아니라 하
늘을 우울하게 덮고 있던 회색 구름이 단풍나무 뒤로 조금씩 물러나기 시작하더니 금세 해까지
얼굴을 내비쳤다. 마치 마당에 모인 우리를 축복이라도 하는 듯 신기한 날씨였다.
마당에서 꽃 수업을 하기에, 이보다 더 좋을 수 없는 환상적인 날씨가 된 것이다.

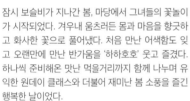

잠시 보슬비가 지나간 봄, 마당에서 그녀들의 꽃놀이
가 시작되었다. 겨우내 움츠러든 몸과 마음을 향긋하
고 화사한 꽃으로 풀어냈다. 처음 만난 어색함도 잊
고 오랜만에 만난 반가움을 '하하호호' 웃고 즐겼다.
하나씩 준비해온 맛난 먹을거리까지 함께 나누며 유
익한 원데이 클래스와 더불어 재미난 봄 소풍을 즐긴
행복한 날이었다.

꽁지 씨가 만든 도자기 와인 잔을 이용해서 토토 선생님이 가르쳐주는 '테이블 센터피스' 꽃꽂이를 했다. 만드는 내내 모두 소풍 나온 어린 아이마냥 좋아해서 뿌듯한 봄날의 마당 이벤트였다. 특별한 날 하나쯤 만들어 테이블 세팅하면 꽃 하나로 분위기가 확 살겠다.

얼핏 보면 꽃들로 가득한 오렌지카운티 같지만, 계절마다 피고 지는 꽃이 조금씩 다를 뿐 그리 풍성한 정원은 아직도 가꾸지 못했다. 매년 봄이면 화원으로 쪼르륵 달려가 겨우내 죽어나간 자리에 새로 심어주기도 하고, 들꽃의 씨를 받아와 뿌려주었다. 풀이지만 꽃처럼 가꾸기도 하는 꽃이라면 토종 꽃, 서양 꽃을 가리지 않고 다 좋아한다.

자연에서 자란 아이들

2005. 10

다섯 살 때 보조 바퀴 달린 자전거로 시작한 자전거 산책길

이젠 두 손 놓고 타기, 번쩍 일어나서 타기, 때론 드리프트 묘기까지 가능해졌다.

첫니 빼던 날

2주 전부터 아랫니가 흔들린다고 좋아하던 태랑 군. 친구들의 이가 하나, 둘 빠지는 게 은근 부러웠던 모양이다. 별걸 다 자랑하고 싶어 하는 고맘 때의 사내아이들이다. 온갖 날벌레들이 창문 불빛으로 몰려드는 여름 밤. 우리 가족은 태랑을 둘러싸고 모두 모여 앉았다.

쌍둥이처럼 생긴 아랫니 두 개가 흔들리는데, 우선 한 개만 먼저 빼기로 하고 나 어릴 적 아빠가 그랬듯 오늘은 꽁지 씨가 나섰다. 이에 묶인 실로 인해 공포감에 엉엉 울던 추억 속의 나와는 달리, 태랑은 지금 이 순간 설렘으로 살짝 긴장하는 듯했다. 명주실 대신 핑크색 재봉실로 고리를 만들어 태랑의 이에 감았다.

"눈 감아."라는 소리와 동시에 아빠가 이마를 한 대 '툭' 치고 나니 '톡' 빠져버린 이! 뭔가 큰일을 해낸 듯 자랑스러운 표정이 얼굴에 역력하다. 피가 나도 의젓하게 물로 잘 헹구고, 튼튼한 새 이 달라 기도하게 얼른 자야겠다고 한다.

"하나님, 튼튼하고 이쁜 새 이 주세요!" 하더니 곧 꿈나라.

자면서도 이 빠진 게 신기한지 입술을 오물오물한다.

2007년 7월 7일 7살 태랑 군 첫니 빼던 날이다.

첫니 빼던 날의 작은 설렘을 간직해주고파 첫니 주머니를 만들어주었다. 워싱한 리넨에
손바느질해 주머니를 만들고, 태랑 군의 호적 이름 '진서'의 이니셜 'J'를 수놓아주었다.

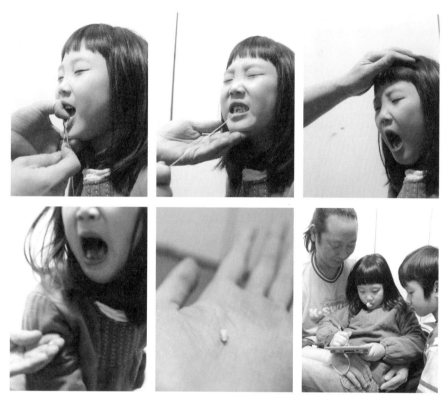

씩씩한 오빠와는 달리 이를 뺄 때마다 도망가는 해랑과 게임으로 협상하고 자리에 앉히면, 그게 또 한 번에 빠지지 않고 두 번째 시도를 해야 했다. 그때마다 엉엉 울고불고, 이가 빠진 후 눈물이 마를 때까지 게임을 하며 달랜다.

태, 해랑의 무더위 식히는 방법

가만히 앉아 있기만 해도 땀이 줄줄 흐르던 어제.
둘 곳 없어 뒹굴던 비싼 욕조 가져다 마당에 두고
태, 해랑의 풀장으로 변신.
신나게 놀던 해랑이 욕조 안에서 그대로 쉬를 하는 바람에
태랑이 더럽다고 물놀이가 끝이 났다. 하하.

2007년 7월 8일

아침부터 저녁까지 무더웠던 오늘
둘이서 아예 중무장을 하고 물총놀이에 나섰다.
쫓고, 쫓기고, 땀인지, 물인지,
녀석들 보고만 있어도 덩달아 시원해진다.

2011년 6월 21일

영어 학원 못 다녀도 좋아. 태권도 학원 못 다녀도 좋아.
이렇게 푸른 들 마음껏 뛰어다닐 수 있잖아.
부드러운 석양 아래,
너희들의 웃음이 엄마를 세상 가장 행복한 사람으로 만드네.

꼬집고, 밀고, 싸워도 좋아!

언젠간 서로 밀어주고 당겨주며 세상 누구보다

서로에게 힘이 되어줄 거라는 걸 알기에…

이사 온 지 일 년이 되어가던 2006년 6월의 태, 해랑 모습. 콩콩 공작소 앞으로 쑥갓꽃이 만발했었다.

가난한 도예가 아빠 덕에 행사 때마다 가슴을 먹먹하게 만들던 녀석들.
태랑은 어린이집 다녀오자마자 도시락을 꺼내놓고 숙제를 했고 해랑은 오빠 옆에
서 그림을 그렸다고 했다.
지금 집에 가고 있는 중이라고 전화를 하면 엄마 보고 싶다며 울던 해랑….
주말 동안에는 할머니 댁에서 참 밝고 씩씩하게 놀아주던 우리 부부의 걸작.
그 아이들이 지금은 스스로 많은 것을 해내는 아이들로 자라 있다.
자연 속에서 스스로 커버린 것 같은 나의 아들, 딸….

미안하다… 사랑한다.

우리의 걸작은 태, 해랑이다

2006년 찍었던 아이들 사진을 엽서로 만들어두었는데, 그 엽서 사진을 보고
꽁지 씨 밤을 새워가며 직접 옥돌에 전각을 했다. 아이들의 예쁜 사진으로 엽
서를 만든 것이 엄마의 마음이었다면 이렇게 도장을 만들어 오래도록 남겨주
고 싶은 것이 아빠의 따뜻한 마음이겠지.

자연에서 자란 아이들

참 좋은 말

사랑해요 이 한마디 참 좋은 말
우리 식구 자고 나면 주고받는 말
사랑해요 이 한 마디 참 좋은 말
엄마 아빠 일터 갈 때 주고받는 말
이 말이 좋아서 온종일 신이 나지요
이 말이 좋아서 온종일 일 맛 나지요
이 말이 좋아서 온종일 가슴이 콩닥콩닥 뛴대요

사랑해요 이 한마디 참 좋은 말
나는 나는 이 한마디가 정말 좋아요

「참 좋은 말」.
첫눈이 내린 밤, 태랑이 학교에서 배운 노래라며 불러주었다.

단풍을 멋지게 즐기는 방법

아버지와 아들은 엄마가 생각하는 것보다
각별한 그 무엇인가가 있다.
남자들의 의리 같은 것일까?
녀석 가끔 아빠를 위해 거짓말을 해주기도 한다.
이제 가끔은 너그러이 속아 넘어가줄 줄 아는
현명함을 나도 배우고 싶다.

당신의 어깨….
아빠의 무등을 타고 세상을 다 얻은 듯한
아이의 표정과는 달리 조금 힘들어보이네요.
어느덧 우리 같이 나이 들어가나 봅니다.

눈부신 단풍 아래 그녀가 웃고 있다.
이미 그녀가 단풍이다.
아이의 눈부신 미소가 아빠를 힘 나게 한다.

딸아…눈에 넣어도 안 아플 녀석아!
사랑한다. 딸아!

엄마 노릇 제대로 못할 때

자연이 그 모자란 부분을 채워주는 듯해서 위로가 된다.

하얀 눈이 쌓인 겨울을 제대로 즐길 수 있는 것 또한

자연이 아이들에게 주는 선물이다.

자연에서 자란 아이들

아파트 살 때는 매일 같이 친구들 만나서 놀던 아이들이었다. 시골 내려와서는 외따로 떨어진 집 때문에 학교에서 돌아오면 친구들과 왕래를 할 수 없어 그게 늘 안타까웠다. 한창 친구들과 어울려 놀 나이인데… 그래서 아홉 살 생일에 태랑이 친구들을 초대해 마당에서 생일 파티를 해주겠다고 약속했다.

신이 난 태랑은 밤새 초대장을 만들고 룰루랄라 신이 나서 학교로 갔다. 마당에서의 생일 파티는 처음인데 어떻게 해야 할지 살짝 걱정이 앞섰다. 며칠 밤을 전전긍긍하다가 이것저것 만들어도 보고, 시골에서 구하기 힘든 음료수는 서울 사는 친한 언니에게 부탁하고, 파티 용품들은 인터넷으로 주문을 했다.

단풍이 한창인 단풍나무 가지 사이로 알록달록한 천으로 장식 플래그도 만들어 달아주고, 인도에서 사온 체리 바둑판 식탁보도 깔고, 고깔모자와 알록달록 스푼과 포크, 재미있는 안경에 풍선도 준비했다.

음식을 준비하는데 벌써 들이닥친 독수리 오 형제 같은 다섯 명의 아이들. 잠시 집 구경에, 마당 구경에 시끌벅적 소란스럽다가 파티가 시작되었다. 아이들은 축하 노래도 불러주고, 생각하지도 못한 선물에 축하 편지까지 써와서 그걸 일어나 읽어준다. 단풍나무에 올라타고, 술래잡기하고, 오늘 하루 학원 공부에서 해방되었다며 "참으로 신나는 하루다!" 하던 아이들. 사내 녀석들의 거침없는 표현에 많이도 웃고, 즐거워하는 아이들 덕에 준비한 나도 정말로 흐뭇한 하루였다.

파티가 끝나고 아이들 한 명 한 명 집으로 데려다 주고 돌아오는 길에 태랑이 완전 행복한 하루였다며 엄마에게 "고맙습니다." 인사를 건넨다.

"나의 아들, 태랑아! 지금처럼 그렇게 건강하고 명랑하게, 밝게만 자라다오!"

매년 봄마다 도자기 축제를 하며 얼마나 많은 것들을 놓쳐왔던가?

봄에 태어난 해랑, 도자기 축제 기간에 늘 생일을 맞았기에 친구를 초대하는 생일 파티를 해준 적이 없다. 오빠처럼 마당에서 친구들 불러서 생일 파티 해보는 게 소원이던 해랑 양!

드디어 아홉 번째 생일에 그 소원을 풀었다.(그러고 보니 태랑의 마당에서의 첫 생일 파티도 아홉 살 때였네) 그간의 미안함을 달래주고자 맘 먹고 한 상 준비하고 아이들을 초대했다.

마당에서 친구들과 실컷 노는 게 제일 신나는 일이라는 해랑은 오늘 그 소원 맘껏 누렸다. 잔디밭에 둘러앉아 수건 돌리기도 하고, 한창인 꽃길 산책도 하고, 데크 룸에 모여 쫑알쫑알. 마지막에는 폴라로이드 카메라를 이용해 즉석 기념 사진도 한 장씩 찍어서 줬다. 별거 아닌 이벤트였지만 녀석들은 무척 재미있었다고들 했다.

며칠 쌀쌀한 날씨와 달리 마치 해랑의 생일을 축하라도 해주듯 구름 한 점 없이 유난히 더 화창한 봄날이었다.

(위) 봄 마당에서의 해랑 양 생일 파티
(좌) 가을 마당에서의 태랑 군 생일 파티

시골집으로 와서 새로운 어린이집으로 등원을 하게 된 태랑.
어느 날 어린이집 버스에서 내리자마자 벅찬 고백을 하듯 내뱉었다.
"엄마, 난 우리 집이 너무 좋아!"
흥분한 태랑을 안으며 그 이유를 물으니 차 타고 들어오는데 나무도 좋고, 차 없
는 길도 좋고, 노랗게 핀 개나리도 예쁘다 했다. 버스 안에 있던 다른 친구들도 모
두 "와! 예쁘다!" 소리를 질렀단다.
언젠가 하루는 해랑이 말했다.
"엄마! 우리 이 집에서 할머니, 할아버지 될 때까지 살아요."
산책하는 숲길도 좋고, 공기도 좋고, 언제나 건강해지는 것 같단다. 가끔은 외따로
떨어진 시골에 살게 된 것이 아이들에게 늘 미안했는데, 두 녀석 모두에게 이런 벅
찬 고백을 들으니 나 역시 벅찼다.

한창 친구들과 어울려 놀고 싶어 하던 때 태, 해랑 모두 몇 번 이사 가자고 조르기
도 했었다. 시골이라고 하지만 멀지 않은 곳에 아파트가 있었고, 태, 해랑 친구들
이 그 아파트에 살고 있었다. 그러니 아파트에 사는 친구들끼리 금방이라도 불러
내어 놀 수 있고, 서로 자주 왕래하는 것이 부러워 보였던 모양이다. 그럴 때면 아
이들의 친구를 데려와 마당에서 실컷 놀다 가게 했고, 때로는 아파트 놀이터로 원
정을 데려다 주기도 했다.
또 가끔은 춥네, 덥네, 낡았네 불평도 하지만 8년이란 시간이 지난 지금 태, 해랑
은 말한다.

"엄마, 난 우리 집이 너무 좋아요!
우리 여기서 오래오래 행복하게 살아요."

어릴 적 《톰 소여의 모험》과 《허클베리 핀의 모험》을 즐겨 읽으며, 나도 언젠가 나무 위의 집을 갖고 싶다고 생각한 적이 있었다. 커다란 단풍나무가 있는 우리 집…. 비록 나무 위에 집을 지어줄 수는 없지만 뒷마당으로 들어가는 단풍나무 아래 아이들만의 나무 집을 만들어주기로 했다. 자신들만의 집이 생긴다는 생각에 아이들도 신이 나서 반나절 넘도록 직접 조립하고, 페인트 칠해서 아이들만의 아지트가 완성되었다. 단풍이 빨갛게 물들어가듯, 아이들의 꿈도 무럭무럭 자라주길 바라는 마음이었다.

자연 속에서 마음껏 누리고, 마음껏 즐기는 사이
단풍나무의 깊어진 그늘만큼 아이들도 쑥쑥 자라 있었다.

밤새 내린 눈,
잠든 태, 해랑 귀에 대고 내일 눈사람 만들자 속삭인다.
아이들은 자다가도 고개를 *끄덕끄덕*….

자연에서 자란 아이들

제대로 새해맞이

꽁지 씨의 바쁜 작업으로 인해 연례행사였던 새해 첫날 해맞이를 올해는 포기해야
했다. 구름도 잔뜩 껴서 해도 나지 않고, 며칠 추워서 종일 방 안에만 웅크리고 있
자니 톰과 제리 태, 해랑은 또 싸우고 지지고 볶는다. 이왕 싸우는 거 그래 눈싸움
이나 실컷 하라고 온 가족 모두 완전 무장을 시켜 밖으로 나왔다.

마치 새해 선물인 양 온천지가 하얀 설국이다. 우리 보다 먼저 다녀간 들짐승 한 마
리, 그 하얀 발자국을 따라 나란히 달려보는 명랑 소녀 해랑. 그 틈을 타 바로 시작
된 인정사정 볼 것 없는 눈싸움! 아빠의 무차별 공격에 첫 번째 울음을 터트린 해
랑이 결국 "으앙~." 한다.
이번에는 다시 태, 해랑이 아빠에게 협공을 시작한다. 추워서 사진만 찍으며 꼼짝
도 않고 서 있던 엄마에게도 사정없이 눈을 던지는 개구쟁이 태랑. 정신없이 몰아
치며 눈싸움을 하다가 '철퍼덕' '철퍼덕' 눈 위에 마구 팔을 휘저으며 누워도 보고,
굴러도 보고, 꽁꽁 얼어붙은 물웅덩이 위에 덮인 눈을 옷으로 다 치워가며 얼음 무
늬 찾기 놀이에 빠진다.

하얀 눈밭을 가득 메운 아이들의 웃음소리가 산속으로 퍼져나간다.

미니 보온 밥통과 따뜻한 물을 담은 보온병, 어느 주방용품 가게에서 구입한 막걸리 잔으로 보이는 손잡이 달린 양은 볼과 캠핑에 빠질 수 없는 라면과 커피믹스, 3년 된 묵은 김치, 거기에 아빠의 완소 먹을거리 막걸리에 휴대용 라디오까지! 우리만의 겨울을 더욱 낭만 있게 만들어주는 것들이다.

그렇게 다시 또 새해를 맞았다. 처음 이곳에 와서 계절마다 벌어지는 자연의 향연에 생전 첨인 듯 감사해 하며 누리던 첫 마음은 해가 갈수록 춥고, 덥고, 시골 살이 힘들다며 불평이 늘어났다. 자연은 그 자리 그대로 변한 것 하나 없이 묵묵히 있는데 우리네 마음만 간사해진 것이다.

한바탕 놀고 보니 출출한 생각에 '그래! 이 추위! 이 자연! 맘껏 더 누려보자!' 생각하고, 집으로 달려가 주섬주섬 캠핑 살림들을 들고 나왔다. 잠시 뒤, 하얀 눈밭에 차려진 테이블 위에서 보글보글 라면이 끓고, 휴대용 라디오에서 흘러나오는 음악이 적막한 눈밭을 부드럽게 감싼다.
"후루룩, 후루룩~."
"아, 눈밭에서 먹는 라면 끝내준다!"
"그래, 라면은 이런 데서 먹어야 제맛이지!"
묵은 김치도 정말 끝내주고, 믹스 커피도 이럴 땐 더없이 구수하고 맛나다.

자연에서 자란 아이들

태랑이 내린 커피

바리스타가 꿈인 태랑이 내일 인도로 출국하기 전에 엄마가 좋아하는 커피를 내려주겠단다. 조그만 손으로 커피를 갈자 이내 데크 룸 가득 커피 향이 퍼진다. 꽃 미남 바리스타가 된 태랑 군이다.

엄마가 드라마 보다 울면 휴지 한 장 쏙 내밀며 등 토닥토닥 해주던 태랑, 커피 한 잔 앞에다 가져다주고 엄마를 꼬옥 안아준다.

늘 엄마보다 씩씩한 척하지만 속으론 마음 여린 태랑 군. 건강히 잘 다녀오라는 지인들과의 통화 중 목이 멘 태랑 군을 보면서 그 옛날 내 모습이 겹쳐진다.

어린 엄마도 그랬듯 우리 태랑도 잘해내리라,

울보 겁쟁이 엄마보다 훨씬 더 씩씩하게 견디리라 믿는다.

"태랑아, 화이팅! 엄마가 늘 기도하고 응원할게!"

열한 살의 나도 그랬던 것 같다. 서울로의 전학이 설레기도 하면서, 부모님과의 이별은 마음 아파서 가야 할 날을 아쉬워하며 달력에 날짜를 표시하고 하루하루 지워나갔었다.

열두 살의 태랑도 그랬다. 인도 유학길을 앞두고 엄마랑 며칠 가텅(가마가 텅 빈 날) 가게로 함께 출근하면서 "엄마랑 이 길도 당분간 안녕이네. 도예촌 녀석들과의 놀이도 오늘이 마지막이네…."하며 나름대로의 이별을 고하고 있었다. 낯선 곳으로의 출발이 아직은 두려울 나이다. 문득 내가 무슨 짓을 한 것인가 가슴이 저며온다.

태랑이 여느 때와 같이 엄마 잔소리를 들었고, 태, 해랑은 장난치다 또 싸움으로 번져 결국 둘 다 엄마한테 혼이 나고, 평상시랑 다름없던 어제 저녁의 풍경…. 하지만 자려고 편 이부자리에서 둘은 엉엉 울음을 터뜨렸다. 녀석들, 아무렇지 않은 척했지만 해랑은 해랑대로, 태랑은 태랑대로 아팠을 것이다.

"손톱으로 긁어서 미안해."

"다음엔 오빠가 잘해줄게"

인도 유학을 결정하고 이미 독하게 마음 먹은 김에 태랑은 한석봉, 엄마는 떡 써는 한석봉 엄마가 되기로 했다. 오지 않는 잠을 눈물로 삼키면서 공항에서는 절대 울지 말자고 다짐했다. 우는 사람은 꿀밤 맞기, 만 원 내기를 하자고 셋이서 약속을 했다. 씩씩하게 엄마와의 약속을 지키며 탑승구로 들어간 태랑….

그렇게 태랑이 인도 유학에 올랐다.

어느새 이렇게 컸니… 나의 아들, 딸….

살면서 고쳐 쓰는 집 🏠

어렸을 적 「초원의 집」에서 봤던 통나무 하우스의 데크 기억 때문이었을까. 장미 덩굴 우거진 데크에 흔들의자 놓고 앉아 바느질하는 모습이 종종 비치는 외국 영화 속 장면 때문일까? 아무튼 '마당 있는 집이라 하면 예쁜 데크가 있어야지.' 하는 로망을 가지고 있었다. 나무로 만들어진 데크의 난간 위로 좋아하는 꽃과 제라늄 화분을 쪼르륵 올려 가지가 늘어지도록 키우고, 마당을 향해 작은 테이블을 놓아 언제든 티타임을 즐길 수 있는 그런 공간은 시골 생활에서 꼭 필요한 낭만 요소로 여겨졌다. 하지만 번듯하게 지어진 전원주택이 아닌 우리 집은 방문 앞으로 좁은 복도 같은 마루가 있고, 그저 평범하고 오래된 섀시 문 바닥이 곧바로 마당과 연결되는 형태의 집이었다.

대충 눈대중으로 만들고 이것저것 리폼하며 고쳐 쓰던 솜씨로 데크까지 내 손으로 한번 만들어볼까 생각했지만 바닥도 다져야 하고, 기둥도 세워야 하는 등 전문 기술이 필요했다.
그러던 어느 날 못하는 것 없이 솜씨가 좋아 일명 맥가이버로 불리는 꽁지 씨의 후배가 조력자로 나섰고, 이사 온 지 2년 만에 드디어 데크 공사를 진행하게 되었다. 후배의 일도 있는지라 후배 나름의 볼일이 있거나, 꽁지 씨도 작업을 해야 하는 날들이 있어 시간이 맞는 대로 틈틈이 공사를 진행해야 했다. 그동안 보이는 대로 모아둔 폐목과 자투리 나무들, 이사한 집에서 버리고 간 칸칸 유리문틀 등은 모아두니 모두 재산이었다. 특히 문 닫는 가구 공장에서 담배 한 보루에 얻어온 접이식 문짝은 단순한 데크 공사에서 '데크 룸'을 만드는 일등 공신이 되었다. 길게 연장한 데크의 반을 나누어 벽을 세우고, 접이식 문을 달았다. 거실이 따로 없던 우리 집에 작은 오픈형 카페도 되고, 거실도 되는 '데크 룸'이 탄생한 것이다.
데크 공사 동안 어쩜 그리 딱 맞게 싸고 괜찮은 자재들이 '짠'하고 나타나주었는지, 지금 생각해봐도 기적 같은 상황의 연속이었다.

좁은 복도형 마루와 일반 섀시로 마감된 2005년 오렌지카운티의 처음 모습.

2007년 9월. 드디어 숙원하던 데크 룸 공사가 시작되었다.

기존에 있던 마루에서 길이를 연장해 머릿돌을 괴고, 기둥을 세우고, 바닥 나무를 깔고, 뒷마당으로 돌아갈 공간을 생각해서 귀퉁이를 조금 비스듬히 잘라주었더니 그 또한 나름 재밌는 공간이 되었다. 작업 재료가 부족해서 멈추고, 비가 와서 멈추고, 명절 연휴여서 멈추고, 참으로 더디게 진행되던 공사였다. 하지만 힘들고 지치기보다는 한 과정 한 과정 완성될 때마다 설렘과 뿌듯함이 밀려왔다. 지붕을 얹을 때는 채광도 좋고, 비가 오면 빗물 흐름도 볼 수 있게 반투명 슬레이트를 얹기로 했다.

○ 완성한 데크 룸과 데크

2007년 10월. 완성까지 한 달여 시간이 걸렸지만 바닥 다지는 일부터 만들고, 칠하고, 전기 공사까지 우리의 손과 노력으로 탄생한 데크와 데크 룸 공사

2009년 9월. 주워온 문짝을 이용해서 데크와 데크 룸 사이에 투명 칸막이를 만들어주었는데, 이후에 미송 패널을 붙여서 데크 룸을 별도의 공간으로 분리했다.

집을 짓는 것도 아닌데 바닥 위로 기둥이 세워지자 그 모습에 가슴이 울컥했다.

햇살, 자연 모두 좋은 여름에 이사 와서 마당 가득 붉은 물 들이던 단풍의 향연에
그저 감탄만 하다 갑작스럽게 맞은 첫겨울. 손이 터서 피가 날 정도로 시골 추위는 매서웠다.
낭만이고 뭐고 살고 보자 싶어 알루미늄 섀시 밖으로 커다란 비닐을 둘러 씌웠지만
한겨울 추위를 막아내기에는 역부족이었다.
다음 해 봄을 그토록 애타게 기다려본 적이 없었다. 잠시의 망설임도 없이 결정한 시골행을
그토록 후회한 적도 없었다.
이곳에서 앞으로 살아갈 나날의 모든 게 설움으로 다가오던 겨울이었다.

데크와 데크 룸이 완성되던 날.
우리는 마당에 서서 그냥 웃었다.
그렇게 좋을 수가 없었다.

마루의 매력

이사를 온 후 방에서 마루로 나가다가 깜짝 놀란 적이 한두 번이 아니다.
햇볕 잘 드는 채광 덕에 마룻바닥이 아침 햇살에도 뜨겁게 달궈져 무심코 내딛은
발바닥이 화끈 데인 것이다. 반대로 겨울에는 어찌나 차가운지 얼음장이 따로 없
어 두꺼운 양말이나 슬리퍼는 애, 어른 할 것 없이 필수 용품이 되었다. 하지만 데
크를 낸 후에는 "앗! 뜨거워!", "앗! 차가워" 놀랄 일이 사라졌다.

두꺼운 황토색 칠이 되어 있던 마룻바닥을 그라인더로 갈아내고 초록색 스테인
을 발라 나무 느낌 그대로를 살려준 마루. 여름엔 맨발로 걷는 마룻바닥이 참 시
원하다.

마룻바닥을 청소기 대신 엎드린 채 걸레로 훔쳐내다 보면, 엎드려 숙제도 하고, 놀
이도 하던 어릴 적 친정 집 마루가 떠오른다. 여름 밤이면 마당에 모깃불 피워놓고
저녁을 먹고, 은하수 가득한 별을 보고 누워 있자면 부채로 모기를 쫓아주다가도
감자와 옥수수를 삶아내던 엄마의 모습까지 기억이 선연하다. 걸레질을 하며 이곳
에서 비슷하게라도 엄마 어렸을 적 마루에 대한 추억을 나의 아이들에게도 경험하
게 해줄 수 있겠다고 생각하니 혼자서 또 좋다.

창가 쪽으로 커다란 테이블을 두었더니 아이들이 어찌나 좋아하던지….
둘이 나란히 앉아 있는 뒷모습에 절로 웃음이 났다.

햇살을 맞이하는
봄날의 카페
여름 저녁 푸른 자연이
배경이 되는 근사한 식당
잠 안 오는 가을밤의
분위기 있는 사색 공간,
겨울철 연탄난로 앞에
모이는 따뜻한 사랑방

구조가 독특해서 재미난 큰방

우리 집에서 가장 채광이 좋고, 바람 잘 통하고, 가장 크고, 화장실까지 딸려 있는 방. 하지만 이 방에는 숨은 공간이 많아서 무척 당황스러운 곳이기도 했다.

그 방 안에서 뒷마당으로 나가는 문으로 연결된 작은 통로를 아이들은 무섭다고 했다. 뭐든지 생각하기 나름!

나는 이곳에 변화를 주어 아이들이 무서워하지 않게 해주어야겠다는 생각을 했다. 화사하게 페인트 칠도 새로 하고, 아이들 눈높이에 맞게 책장을 만들고, 벤치를 놓아 좁은 통로를 아이들만의 작은 도서관으로 만들었다. 이후로 이 방은 아이들이 좋아하는 장소가 되어 태랑이 초등학교에 입학했을 때는 태랑만을 위한 남자아이 방이 되었다가, 태랑이 인도로 가고 난 뒤엔 해랑을 위한 꼬마 숙녀 방으로 바뀌었다.

특이한 동선과 계절적 환경으로 인해 상황에 따라 방의 용도를 바꿔가며 사용해야 하는 우리 집. 어릴 적 언니, 오빠가 쓰던 방을 크면서 물려받듯 아이들의 방도 상황에 따라 달리해야 해서 때론 그게 미안하기도 했다. 그러나 그 또한 아이들에게 집에 대한 추억이 될 거라 믿어 의심치 않는다.

○ 아이들의 작은 도서관

오른쪽은 미송 패널을 이용해서 원목 패널벽을 만들고 그 위로 칠판 시트지를 붙여 마무리를 했다. 반대편 책꽂이가 놓일 벽은 패널 시트지를 이용해서 간단히 마감했다.

2009년 7월. 뒷문으로 통하는 어두컴컴한 복도를 선반과 책꽂이를 만들어 날아주고, 아이들이 즐겨 읽는 책과 아이들이 그린 그림을 붙여 작은 갤러리 겸 도서관으로 만들어주었다.

○ 태랑의 방

2011년 3월. 큰방 한쪽으로 싱글 침대를 들여놓고, 블루 페인트 벽을 칠해 '고흐의 방' 콘셉트로 태랑의 방을 만들어주었다.

○ 해랑의 방

2013년 3월. 태랑이 인도 유학을 간 후 커튼과 침구만 바꿔 해랑의 방으로 사용하다가 지난 봄에 벽을 화이트로 칠하고, 완전한 해랑의 방이 되었다.

○ 큰방 안의 화장실

2009년 7월. 낡은 체리색 문을 민트색으로 페인팅하고, 벽에 체크 패브릭을 붙여 사용하다가, 패브릭 벽에 파벽돌을 붙이고, 문짝에 구멍을 뚫어 유리를 끼우고, 미송 패널을 붙여 깔끔한 컨추리 스타일의 벽면을 연출했다.

아침에 눈을 떠 저녁에 잠자리에 들기까지 잠시도 손을 가만두지 못하고 무언가를 만들던 시절. 사과박스 리폼부터 시작해 주워온 폐목들을 모아 자르고 칠하는 등 리폼과 DIY의 세계에 빠져 있던 그 시절. 누군가의 방해 없이 마음껏 작업할 수 있는 오로지 나만의 공간을 만들고 싶어서 꽁지 씨 작업장 들어가는 입구 두 평 남짓한 공간에 나만의 작업실을 만들었다. 시골에서 올라와 줄곧 언니들이랑 살다가 대학생이나 되어 온전히 독립하며 처음 내 방을 가진 날처럼 나만의 작업실이, 나만의 공방이 생겼다는 것이 어찌나 행복하고 감사했던지…. 몇 날 며칠 고민하다가 '콩콩 공작소'란 이름까지 붙여주며 좋아했다. 공작소 창문에 덧창을 달면서도 좋고, 선반을 하나 만들어 달아도 좋고, 핑크색으로 벽을 칠하면서도 좋고, 누가 온다고 그곳에 간판까지 만들어 달면서도 좋았다.

지금은 가게가 생기고, 데크 룸이 생겨서 거미들만이 나의 부재를 즐기는, 창고 같은 공간이 되었지만 내 나이 서른의 놀이터, 나의 첫 번째 작업실이었던 콩콩 공작소는 내 가슴 속 깊은 곳에 추억의 공간으로 보관되어 있다.

○ 콩콩 공작소

2006년 3월. 꽁지 씨의 작업실 옆 창문 하나 나 있던 2.5평 정도의 작은 헛간을 목공하는 지인의 도움을 받아 콩콩 공작소로 만들었다.

2006년 6월. 오후 햇살이 저 조그만 창에 걸려 공작소 안 책상 위로 긴 그림자를 낼 때면 얼마나 설렜는지, 얼마나 행복해 했는지….

2007년 3월. 콩콩 공작소를 만들고 잡지 촬영 의뢰를 자주 받았다. 손으로 만드는 재미가 일상생활에 소소한 즐거움을 안겨주던 시간들이기도 했다.

처음 리폼과 우드 DIY에 빠졌을 때 헛간을 개조해서 콩콩 공작소도 만들고, 꽁지 씨 작업실 옆 빈 공간에는 전시실도 만들어 나와 꽁지 씨를 찾아오는 사람들을 이 공간에서 반갑게 맞으리라 생각했다. 하지만 이내 사기막골 내에 '가마가 텅 빈 날' 가게를 내게 되면서 이 공간들을 방치하게 되었다. 조만간 시간 한번 내서 묶은 때 청소 좀 해주어야겠다. 내가 사랑했던 공간, 나의 꿈이 영글어가던 공간….

◦ 가마가 텅 빈 날 전시실

2006년 3월. 이사를 하고 반년이 넘도록 너무 막막해서 손도 못 대고 있던 공간들. 꽁지 씨의 작업실 옆 분리된 공간에 꽁지 씨의 작품을 보관하고 전시해둘 수 있는 전시실을 만들기로 했다.

2011년 10월. 요즘은 돈 주고도 쉽게 못 구하는 옛날 과학실 장이며, 책걸상과 오래된 미싱들. 전생에 나라를 구했는가 싶게 그때그때 귀하고 실용적인 소품들과 세월의 가치 있는 가구들을 지인들로부터 많이 얻게 되었었다.

가
마
가
텅
빈
날

가마가 텅 빈 날.

가마에 아무것도 없다.

무얼 만들어야 할까.

착잡하다, 마음이.

가마에 아무것도 없다.

무얼 만들어야 할까.

멋진 작품들을 막 꺼냈다.

가슴이 벅차 오른다.

꽁지 씨의 공방 이름이자 가게 이름인 '가마가 텅 빈 날'

'가마가 텅 빈 날' 이름을 듣고 나면 대부분 "네?!" 몇 번을 되묻기도 하고, 재미있다
는 사람도 있고, 참 좋은 이름이라는 사람도 있다. 어렸을 적 평범한 내 이름 석자
로 놀림을 많이 받아서 그랬는지 나는 특이한 이름에 더 끌렸다.

꽁지 씨, 청년 시절 선배랑 2인 전으로 첫 전시회를 가졌을 때 만들었던 브로슈어
에 담긴 '가마가 텅 빈 날…'로 시작하던 문구가 마음에 들어왔다.

미사여구 없이 순박한 그의 짧은 글에 순간 먹먹한 감동을 받은 나는 '김영기 공방'
이던 공방 이름을 언젠가는 '가마가 텅 빈 날'로 바꾸자고 제안했다. 자신의 이름을
내거는 것은 작가에겐 무엇보다 작품에 대한 인증이기도 해서 아주 중요한 일이겠
지만, 일반인들에게는 수많은 이름들 속에 스치고 말 이름이 될 것 같았다. 한번 들
으면 기억에 남을 만한 독특함과 그의 순박함이 그대로 묻어나는 서정적인 느낌이
참 좋았던 '가마가 텅 빈 날'.

이후 공방과 살림집을 이천으로 이사해 들어오면서부터 '가마가 텅 빈 날'로 쓰게
되었고, 이사 온 다음 해인 2006년 4월 인사동의 한 갤러리에서 '가마가 텅 빈 날'
을 이름으로 내건 그의 첫 개인전이 있었다.

가진 게 젊음인지라 온몸으로 준비했습니다.

손바닥이 갈라지도록 물레를 찼습니다.

손톱이 휘도록 물레를 찼습니다.

가마 앞에서 꾸벅꾸벅 졸기도 했습니다.

새로운 작업장에서,

새로운 작업을 하고자 노력한

이제 꽉 찬 가마 문을 열었습니다.

시골 생활 정착은 나만 힘든 것이 아니었다.

태어난 곳만 경상도지 서울에서 자라 학교를 다니고, 도자기 작업장 역시 서울에서만 15년을 해온 꽁지 씨. 서울 촌놈이나 다를 바 없는 꽁지 씨가 난생 처음 시골 살이에, 작업장 이사에, 하나하나 적응하느라 무척이나 고생이 많았으리라.

번듯한 건물 안에 있던 작업장 대신 농장의 낡은 축사를 개조해 작업실을 만들었다. 몇 해 동안 쓰지 않고 버려진 축사는 온갖 잡쓰레기와 덕지덕지 눌러 앉은 묵은 먼지들로 가득했고, 아무리 손이 부지런한 우리 부부라고 해도 이걸 어찌 개조시킬 수 있을까 싶을 만큼 기막힌 상황이었다.

여름 더위가 채 물러가지도 않은 9월, 그 많은 먼지 다 마셔가며 물청소를 하고, 나무를 다듬고, 바닥을 고르며 작업실을 만든다고 땀깨나 흘렸다. 게다가 서울 작업장에서 쓰던 가스 가마는 작업실을 인수받은 사람들에게 넘기고 빈손으로 이사를 왔기에 가마까지 만들어야 하는 상황이었다. 녹슨 외피는 여주 어느 작업장에서 감사히 얻었고, 가마 안에 들어가는 내화 벽돌은 후배를 통해 저렴하게 구입하고, 가스 가마를 가장 잘 짓는다는 임 선생님이 가마 만드는 일을 맡아주셨다.

가을 내내 작업장 만드는 데 시간을 쏟다 보니 어느새 살을 파고드는 바람이 매서운 겨울이 되어 있었다.

새로운 작업장 만들기

가마가 텅 빈 날

장작 가마 의 꿈 을 이 루 다

이사 오면서 제작한 첫 가스 가마에 이어
2007년 2월에는 꽁지 씨가 그토록 소원하던
장작 가마를 짓기 시작했다.
단풍나무 마당 아래쪽 언 땅에 틈날 때마다
벽돌을 쌓아 올리던 장작 가마 제작은
그해 10월에나 완성되었을 만큼 긴 시간이 걸렸다.
서두르고 욕심 내어 할 수 없는 일… .
꽁지 씨는 작업하는 틈틈이 그렇게 벽돌 한 장 한 장에
마음을 담아 자신의 꿈을 이루고 있었던 것이다.

2007년 10월 20일!
드디어 네 칸의 장작 통가마가 완성되고
첫 가마에 기물을 재임하는 날,
그 가마에 첫 불을 때던 날,
많은 분들이 함께해주셨다.

첫 불이 끝나던 2007년 시월의 아침을
선명하게 기억한다.

여느 날과 다름없이 평화로운 새소리에 눈을 떴다.

이틀 동안의 축제 같던 설렘과 들뜸과 반가움은 모두 꿈이었을까?

며칠간 제 몸 다 태우듯 활활 타오르던 붉은 아우성은

저 너머 산책길 단풍으로 옮겨갔나 보다.

마당 벤치에 내려앉은 가을 햇살…울컥!

무사히 '처음'을 끝마쳤음을 깨닫는 순간,

감사와 안도의 감정이 봇물 터지듯 터져나온다.

이틀 동안 검붉게 피어오르던 굴뚝 너머로 시월의 파란 하늘이 보인다.

가득가득 쌓여 있던 장작은 바닥이 드러났고

1300도의 화염은 아지랑이 같은 열기로 조금씩 사그라들고 있다.

늘 그래왔듯이 또다시 기다림의 시간….

1300도의 불에 잔뜩 데워진 가마 속의 기물이 식기를 또 며칠 기다려야 한다.

2007년 10월 24일

2007년 10월 24일 첫 가마 열던 날.

2009년 10월 23일 태랑과 함께 가마 열던 날.

드디어 첫 가마를 허는 날….
누구보다 꽁지 씨 자신이 가장
떨리고 설렜으리라.
첫 가마에서 나온 기물들을
하나하나 꺼내며
모두 만족스럽지는 않겠지만
겸허히 받아들이는 순간이다.

장작 가마 여는 날

사나흘 밤낮으로 활활 타오르던 뜨거운 불길,
또 2박 3일 식기를 기다린다.
가득 불을 품은 가마는 나흘째 밤이 되도록 식을 줄 모른다.
온몸의 수분을 땀으로 흘리고 체력을 소진한 그는
가마가 식을 동안 조금이나마 쉼을 갖는다.
이제 가마가 잘 나올지 못 나올지
그저 겸손히 기다리는 것뿐.
장작 가마를 처음 보는 나야말로 장작 가마 옆을 드나들며
열기가 어느 정도 식었는지, 온도는 몇 도인지 체크하며 설레발이다.

드디어 100도 조금 아래로 온도계가 낮아졌다.
더덕더덕 발라놓은 흙 문을 망치로 살살 부수고,
가마 안으로 랜턴을 비추며 살펴본다.
동굴 같은 가마의 흙 문을 부숴내고
8톤 트럭의 참나무가 겨우 양동이 하나의 재로 남았다.
수건을 칭칭 두르고 들어간 그가 기물 하나하나를 꺼내기 시작했다.
나는 밖에 서서 그가 내어다 준 기물을 받아든다.

탄성과 탄식이 번갈아 오간다.
어찌 네 칸 모두 잘나오기만 했으랴.
눈물 나게 아까운 것들도 많다.

1300도의 뜨거운 불에 엿가락처럼 눌러 붙고, 휘고, 깨지고, 터지고.
열판이 와르르 무너지면서도 그 틈에서 살아나온 기물들.
우린 대지진에서 살아나온 기적의 아이들이라 비유했다.
열판 가득 남아 있는 장작 가마의 흔적들.

벌건 열판마냥 벌겋게 익은 그의 얼굴,
내 남자의 얼굴에서는 굵은 땀방울이 비 오듯 떨어졌다.
피곤하니까 제발 막걸리 마시지 말라고 잔소리하는 나와
막걸리 힘으로나마 하루 두 시간씩 자고 작업을 하는 거라고 말하던 그.
한 달 동안 혼자서 그 작업량을 다 소화한 그가
새삼 자랑스럽고, 멋지고, 안쓰럽다.
행사장을 찾는 사람들은 '가마가 텅 빈 날' 이름처럼
왜 이리 물건이 비었냐고 하지만 나는 안다.
혼자서 감당하기에 그 작업량이 얼마나 많았는지.
얼마나 쉬지 않고 일했는지.
그런 소리하는 손님들에게 잔소리 대마왕 아내
기죽이지 않으려고 혼자 얼마나 치열했는지.

장작 가마는 그에게
늘 새로운 도전이기도 할 것이며,
겸허한 시간이기도 할 것이며,
또 헛되지 않은 보상이기도 할 것이다.

비로소, 그가 웃는다.
한줄기 시원한 바람이
그의 어깨 위로 지나간다.

도자기 만드는 남편을 만나 꽁지 씨의 생활 도자기를 판매하기 위해 이천 사기막골 내 마련했던 가게 '가마가 텅 빈 날'. 그동안 남편의 도자기와 함께 취미로 만든 나의 꼼지락 핸드메이드 작품들을 간간이 판매하기도 하고, 내가 좋아하는 빈티지 소품들 맘껏 전시하고 갖고 놀던 콩콩의 놀이터이기도 했던 가텅이 어느덧 올해로 오픈한 지 만 5년이 되었다. 태랑이 초등학교 입학하던 2008년의 봄이었는데, 인도로 유학 간 태랑이 6학년으로 월반을 했다니 꽉 채운 5년이다.

올봄 5주년을 맞았다는 핑계로 전면 새 단장을 하기로 결심하였다. 한때는 잠시도 가만 있지 못하고 틈만 나면 만들고, 칠하고, 그 덕에 솜씨 좋은 리포머의 대열에 끼기도 했던 나였지만, 나이 마흔을 넘기고 나니 어느 순간 바느질 외에는 흥미를 잃었다. 또 지난 세월만큼 늘어난 가게의 물건들을 다 빼고 정리를 한다는 건 체력적으로 엄두도 나지 않았기에 그동안 한번 정리한다 한다, 하면서 지나쳐왔다.

사흘 동안 가게의 가구들을 모두 꺼내 벽부터 하얗게 새로 칠해주고, 낡은 가구도 밝고 화사한 색으로 새 옷을 입혀주었다. 페인트 칠을 끝내고 꼬박 이틀 동안은 그릇과 소품 정리를 다시 하고, 또 며칠은 마무리 청소를 했다. 일주일이 넘게 걸려 마무리된 대장정의 리뉴얼이었다.

혼자서는 절대 불가능했을 일을 처음엔 가텅의 손님이었던 그녀들이 내 일처럼, 내 동생 일처럼 팔을 걷어붙이고 나서준 고마운 도움들이 있었기에 가능한 일이었다.

소품과 가구의 위치를 바꿔주는 정도의 변화만 주다가 올봄 오랫만에 리뉴얼을 했다. 패널을 붙인 벽은 화이트로 깔끔하게 칠해주고, 부엌 쪽 간이 벽에는 스크랩우드 나무를 붙여 좀 더 편안하고 빈티지한 카페 느낌을 더해 주었다.

미국의 70대 노부부가 평생 사용하다가 개러지 세일Garage Sale로 내놓은 식탁 세트가 이역만리 바닷길을 건너와 가텅의 창가에 자리 잡았다. 오래되고 촌스러운 분위기가 가게에 어색하지 않게 안성맞춤이다. '가마가 텅 빈 날'에 들르는 누군가 잠시 쉬어 갈 수 있는 자리가 되길 바란다.

가마가 텅 빈 날

가마가 텅 빈 날 5주년을 맞은 2013년의 3월. 처음 시작할 때 많은 분들의 응원 덕에 용기 낼 수 있었던 것처럼, 다시 한번 감사한 마음 안고 첫 마음, 첫 설렘으로 그녀들과 함께 5주년을 자축했다. 앞으로 또 5년, 10년…이곳에서 더 많은 사람들을 만나며, 더 좋은 추억거리를 만들며 그렇게 잘 지내보리라 다짐한다.

햇살이 비치는 창가 앞에 마주 앉은 그녀들이 참 예쁘다.
함께여서 좋고, 함께여서 감사하다.
가마가 텅 빈 날,
마음은 꽉 찬 날.

나의 예순 번째 생일에는

졸린 눈을 비비며 밀린 작업을 하다가 새벽 늦게야 잠이 든 콩콩.
'달그락 달그락' 이른 아침 부엌에서 들려오는 엄마의 부지런한 소리에 잠시 깼다가 다시 잠이 들곤 하던 유년의 그 아련함처럼, 꿈결인 양 그 소리가 들려온다 싶더니 꽁지 씨와 아이들이 나를 깨운다. 언제부터 준비했는지 미역국에 두부 지짐, 달걀찜까지 손수 준비해서 한 상 차려내온 꽁지 씨. 아이들이 불러주는 생일 축하 노래에 가슴이 따뜻해지고, 벅찬 행복감이 밀려온다.

어느새 마흔을 넘긴 콩콩의 나이, 한때는 흐르는 시간이 야속하리만큼 참으로 치열했던 나의 삼십 대…. 쫓기듯 앞만 보고 달리며 한 해, 한 해 나이 먹는 것에 조급했던 시간들….
하지만 철없는 콩콩도 이제 조금은 철이 들어가는 것인지, 늘어난 숫자만큼 제대로 나이 역할을 하게 된 것인지…. 지금 이 순간, 있는 모습 그대로의 내가 좋다.
지금도 언젠가 돌아보면 무지 애틋할 청춘임을 감사하게 되고, 조금씩 나이 들어가면서 가지게 되는 마음의 여유와 빡빡하게 굴지 않아도 될 만큼 조금은 넓어진 너그러움이 좋다.

지금은 천국의 정원사가 되셨지만 언제나 내 마음 속 롤 모델이자 내가 좋아하는 타샤 튜더 할머니처럼, 지금 이 순간을 즐기며 사는 사람이고 싶다.
많은 것에 욕심내지 않고, 내 살림 하나하나를 아끼며, 내가 좋아하는 일을 하면서 살아가는, 내 삶의 스타일리스트이자 내 가족의 포토그래퍼가 되어 오늘도 행복하게 살아가고 싶다.

나의 예순 번째 생일에는…
좋아하는 꽃들로 풍성해진 마당과 내가 쓰고 있는 물건들이 빈티지가 되어 세월의 깊이로 고즈넉해진 나의 집에서 오늘 아침과 같이 꽁지 씨와 아이들의 축하 노래를 들으며, 여느 때와 같은 일상의 아침을 맞고 싶다.

곱게 늙은 할머니 콩콩 씨의 모습으로….

나의 예순 번째 생일에는…

화무십일홍(花無十日紅).
눈같이 하얀 자두꽃은 지고 없지만, 자두나무 아래 우리가 만들었던
그날의 추억은 오래오래 즐거운 기억으로 남을 것이다.

시골 살이 힘들다며 불평이 목을 넘어 한탄으로 이어질 때도 많지만
방문만 열고 나서면 누릴 수 있는 이 자연의 무한 베풂과 위로에
어찌 이 아름다운 날들을 불평으로 보낼 수 있으리.

시골 생활이 주는 이 위로와 낭만을 어찌 포기할 수 있으리…

오렌지카운티에서 맞게 되는 아홉 번째 겨울….
올겨울도 잘 지내보지!

금세 봄이 오리란 생각에 벌써부터 설렌다.